KARL OVE KNAUSGÅRD

在秋天
OM HØSTEN

【挪威】卡尔·奥韦·克瑙斯高 著　　沈赟璐 译

上海三联书店

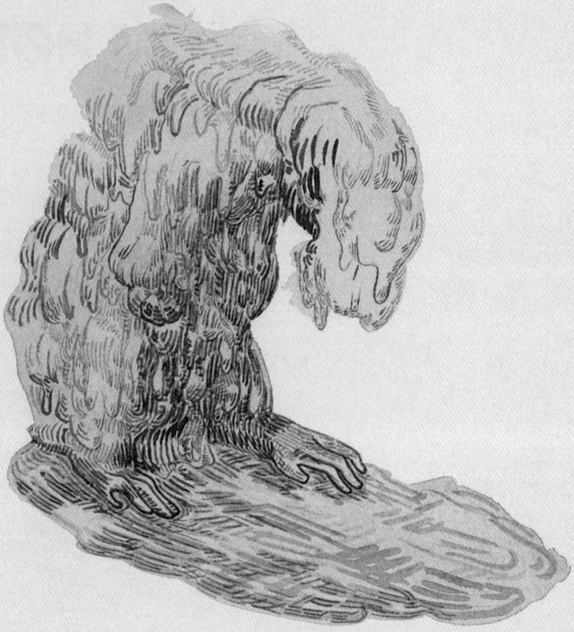

致未出生女儿的一封信 8月28日

九月

13　苹果

16　黄蜂

19　塑料袋

23　太阳

26　牙齿

29　海豚

32　汽油

35　青蛙

39　教堂

42　撒尿

48　框架

51　黄昏

54　养蜂

57　血液

60　闪电

63　口香糖

67　石灰

70　蝰蛇

73　嘴巴

76　银版摄影术

致未出生女儿的一封信 9 月 29 日

十月

91　发烧

94　胶靴

97　水母

100　战争

104　阴唇

107　床

109　手指

113　树叶

116　瓶子

119　麦茬地

123　獾

127　婴儿

130　汽车

133　孤独

136　经验

140　虱子

143　梵高

146　鸟类迁徙

149　油轮

152　土壤

致未出生女儿的一封信 10 月 22 日

十一月

163 罐头

166 脸孔

169 痛苦

172 曙光

175 电话

178 福楼拜

181 呕吐

184 苍蝇

188 宽恕

191 纽扣

195 保温瓶

199 柳树

202 马桶

204 救护车

207 奥古斯特·桑德

210 烟囱

213 猛禽

216 安静

219 鼓

223 眼睛

Sep 14
F.V. Ra[...]

致未出生女儿的一封信

8月28日

8月28日。现在，当我写下这些文字的时候，你还一无所知，不知道迎接你的将会是什么，也不知道你将诞生在怎样的世界。而我也对你毫无概念。我只是看过一张超声影像，用手摸过你妈妈的肚子，仅此而已。距离你出生还有六个月。六个月后，一切都有可能发生，但我觉得生命是顽强不屈的，我相信一切都会顺利，你会健康平安地降临在这个世界上，长得白白壮壮。这叫"看见天光"。你的大姐万妮娅出生的时候，外面正好是黑夜，黑暗中弥漫着飞舞的雪花。她就快出来的时候，一个助产士拉住我，说"你来接"。我照做了，一个小婴儿滑到了我手中，滑溜溜的像只小海豹。我喜极而泣。过了一年半，海蒂出生了，那会儿是秋天，天空乌云密布，空气阴冷潮湿，就和所有的十月天一样。她是上午出生的，分娩的过程很快，起初她的头先出来，但身体的其余部分还卡在里头。这时候她用嘴唇发出很轻的声音，那真是一个令人欣喜的时刻。你的大哥，名叫约翰，他可是在大片血泊中诞生的，那个房间没有窗户，感觉就像待在一个地下防空洞。过了一会儿我出去了一趟，给你们的外公外婆打电话。令我感到震惊的是，屋外阳光明媚，生活还在继续，仿佛什么特别的事都没有发生。那天是2007年8月15日，时间大约是五六点，地点是马尔默，前一年的夏天我们举家搬到了那儿。当天稍晚的时候，我们开车去了一家接待病人的酒店，第二天我就去把你的姐姐们接了过来。她们俩把一只绿色的橡胶蜥蜴放到弟弟头上，玩得很欢。当时她们分别是三岁半和接近两岁的年纪。我拍了照，未来有一天你会看到的。

他们就是这样降临在这个世界上的。现在他们长大了，也习惯了周遭的世界。但奇怪的是，他们之间有那么大的差异，每个人都那么特立独行，从出生的那一刻到现在，一直如此。我猜想，你也会这样，你已经成为了想成为的人。

三个哥哥姐姐，一位父亲和一位母亲，这就是我们。这就是你的家庭。之所以放在最前头说这些，是因为这是最重要的一件事。不论他们是好是坏，是冷是暖，对你严厉还是宽容，都无关紧要。家人是最重要的，你将透过和我们的关系去观察这个世界，这些关系将塑造你的世界观，直接或间接，既有阻力也有助力。

此时此刻，在这里的这些天，我们都过得很好。孩子们今天去学校了，妈妈和我则去了利姆港的一家咖啡厅。今天真是无比宜人的一天，有阳光，有蓝蓝的天空，空气里还带着一丝秋天的韵味，大自然的颜色似乎变深了，但却很清晰。在夏末的热气中，我们讨论了给你取什么名字。我的提议是，假如你是个女孩儿，那就叫安妮（Anne）。琳达说，她也挺中意这个名字的，蕴含着轻松愉快的意思，因为我们希望你能开开心心地长大。假如你是个男孩儿，那我们觉着，你应该叫埃里克（Eirik）。这样你就和你的三个哥哥姐姐一样，名字里都有"j"音——万妮娅、海蒂、约翰。

他们现在睡着了，四个人都睡着了。我坐在自己的工作室里，这儿其实是一栋两室的小房子，带一个阁楼；我越过草坪，望向他们住的屋子、黑黢黢的窗户——如果不是另一侧的路灯照着，就看不见那些窗户了；还有路灯灯光，给那儿的厨房披上一层淡淡的、幽灵一般的光泽。那栋房子其实是由三个挨着彼此的小房子组成，其中有两栋是刷红漆的木头盖的，另一栋的墙则粉刷成了白色。那儿曾经住过几户人家，都在附近的一个大农场里工作。这两栋房子中间是个客房，我们把它称为夏日度假木屋。三栋房子构成了马蹄形，那里面便是花园，往外延伸三十米左右，就到了白墙处。有两棵李子树立在那里，稍老的那棵有根枝条长得太开了，分量也挺沉，必须用两根棍子撑起来。那棵小点的李子树，是去年夏天我栽种的，现在头一回结出了果子。旁边靠着一棵梨树，也有把年纪了，长得比房子还高出不少。边上还有三棵苹果树，其中一棵状况相当差，许多枝条都已枯死，看着僵硬、没有生机。今年夏天的早些时候我把它修剪了一番。以前我从未修剪过树，但这一回我特别起劲，结果越剪越多，也没去瞧那棵树的样子。那天夜里我忙了好久，终于从树上爬了下来，然后我后退了几步，想观察一下。坏了，我当时心想。但现在树枝已经长出新的了，树叶茂密，结满了苹果。这就是我在那片院子里干活所获得的经验，做任何事不需要太过谨慎或担心，生命是如此顽强，就像瀑布一样，盲目地往前奔，绿绿的充满生意。有时候很吓人，因为我们虽然也活着，却活在一种受控的情况下，使得我们畏惧朝着太阳盲目狂野杂乱伸展的生活。但那样地活着，往往要比它表面上看起来更美，一种更深邃的美。因为大地本就闻着有腐烂和暗黑的味道，满是敏捷的甲虫和扭动的蠕虫，花梗多汁，花冠弥漫着香气，空气时而寒冷刺骨，时而温热湿润，有充沛的阳光也有雨水，像是一层外衣包裹着内里的肌肤。在主屋的后面是马路，往里延伸一百米左右就到了一个类似小型半工业区的地方，现在已经废弃了。那儿的建筑物都是用波纹铁皮盖的屋顶，窗户破损了，引擎和轮轴都在露天里生了锈，半掩在草丛中。另一头，我所在的房子背后，坐落着一栋巨大的红砖农场建筑，光彩夺目地立在一片绿色植被中。

万绿丛中一点红。

虽然对你而言没有什么意义，但对我，这两种颜色蕴藏着许多意义，里面蕴含着一种吸引力。我想这便是我成为作家的原因之一，因为我能强烈地感受到那种吸引力，我也明白它的重要性，但我却没法用言语表达，因此我也不知道它究竟是什么。我曾经尝试过，也曾经屈服过。那屈服的成果便是我出版的一本本书籍。以后你可以读一读，或许你会明白我的意思。

流经血管的血液，在土壤里生长的青草，还有树木，在风中摇曳的树木。

这种种美妙，你很快就会遇见了，但一不小心就会错过，就像有千千万万的人，错过的方式也有千千万万种。所以我要写这本书给你，向你原原本本地展示这个时刻在我们周围的世界，究竟是哪般模样。只有通过这种方式，我才能睁大眼睛去发现这个世界。

是什么赋予了生命活下去的意义？

没有哪个孩子会提这种问题。在孩子眼中，生命是不言而喻的。生命会为自己说话：不管它是好是坏，都无关紧要。这是因为孩子们并没有在看这个世界，没有关注世界,也没有思索世界,但他们深深地沉浸在世界当中,无法区分世界和自身。当他们终于分得清了,他们和世界之间产生距离的时候,问题就会浮现:是什么赋予了生命活下去的意义?

是向下按压把手,把门推开的感觉吗?感受门是如何在铰链上轻轻松松地向内或者向外转动,然后走进一个新房间?

没错,门就像翅膀一样打开了,仅仅如此,生命就有了活下去的意义。

人要是活了好多年,就会对开门关门习以为常。对房子习以为常,对花园习以为常,对天空和海洋习以为常,甚至对挂在夜空中在屋顶上闪耀的月亮,也都习以为常了。世界会为自己开口宣言,但我们听不见。由于我们再也无法沉浸在世界当中,也不再将其当作自己的一部分去感受,那对我们而言,世界仿佛就消失了。我们打开一扇门,但这没有任何意义,什么也不是,我们这么做,只是为了从一个房间来到另一个房间而已。

我想向你原原本本地展示我们的世界,展示它此刻的模样：门、地板、水龙头、水槽、厨房窗户下靠墙的花园椅、太阳、水和树木。你会用你自己的方式去观察世界，你会形成自己独特的体验，过你自己的生活。我之所以这么做，当然主要是为了我自己：向你展示这个世界，小家伙，让我的生命变得有意义。

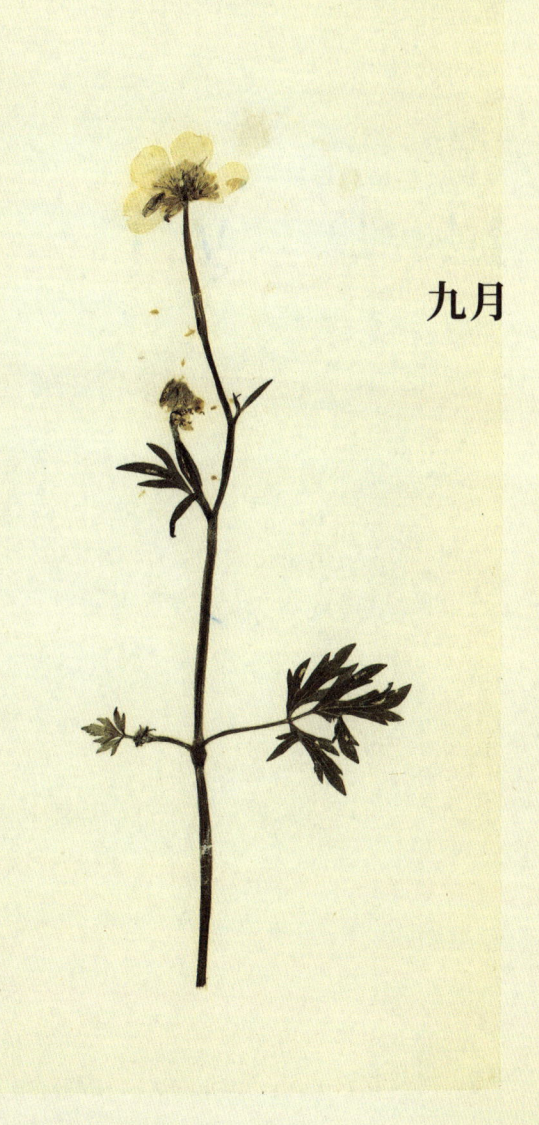

九月

苹 果

出于某种原因，北欧地区的水果食用起来很简单，果肉上覆着一层薄薄的果皮，轻轻地就能咬破，这情况适用于苹果、梨子以及李子，直接就能大快朵颐。而南方生长的水果，通常都盖着一层厚厚的果皮，且不可食用，例如橙子、橘子、香蕉、石榴、芒果和百香果。正常情况下，根据我在生活中的其他偏好，我会更喜欢后者，因为我喜欢事先做一些准备工作，这样享受到的快乐才倍加珍贵，这种想法在我心中牢牢地扎了根，也因为具有神秘性和隐藏性的东西对我有格外的吸引力。啃下橙子表皮上的一小块，感受苦涩的滋味在一瞬间涌入口腔，把大拇指穿入果皮和果肉之间，然后将橙子皮一瓣一瓣地卸下来。有时候如果果皮很薄，会掰成很小的小片，如果遇到厚实的果皮，那么果皮和果肉之间的联系一旦断了，就能剥下一整条长长的皮，这整个过程也有着某种仪式感。当牙齿咬破带光泽的薄膜时，果汁流进嘴里，整个口腔充满甜味，这个过程就好像你起初置身于庙宇的庭院里，随后慢慢地朝着最里头的一间屋子移动。事先忙活的工作和那份神秘感，换言之，难以接近的感觉，都增加了快乐的价值。但苹果是一个例外。只需要伸出手，抓住苹果然后用牙齿啃下去。不需要付出辛劳，也无任何神秘感，就能直接享用。苹果的新鲜、酸涩感在口腔中爆发、释放，但却始终能让嘴里留下甜甜的余味，足以让神经冰冻，甚至让脸部肌肉收缩，仿佛人和苹果之间的距离刚刚好，可以让这种微缩的冲击感永不消失，不论这一生吃多少苹果。

在我还很年幼的时候，我就开始把整个苹果都吃了。不仅是果肉，还有整个果核和所有苹果籽，甚至苹果柄都能吃下去。我觉得，我之所以这么做并不是因为它好吃，也不是因为我有着不想浪费的执念，而是因为吃果核和果柄会降低我的愉悦感。这也算是一种工作，尽管顺序倒了倒：先享受果实，再做工作。对我而言，要扔掉苹果核至今仍然是不可思议的事，当我看见孩子们扔掉苹果核——偶尔还是刚啃了

九月／苹果

一半的苹果时，我自然满腹愤慨，但我并不会说什么，因为我希望他们能积极面对生活，和生活建立丰富的联系。我希望他们能过轻松快乐的生活。因此，现在我也转变了对苹果的态度，这一改变并不是有意的，而是因为我觉得我有了更广阔的视野，也有了更深的理解。现在我知道了，这和世界本身并无关系，只和我们自己与之相处的方式有关。神秘的对立面是开放，工作则与自由相对。上个星期天我们从这里前往十公里外的海滩，那是早秋的某一天，充满了夏日延伸的余热和静谧感，去的时候所有的游客早就回家了，因此海滩上空无一人。我带着孩子们走进森林里，这片树林一路蔓延至沙滩的边缘，主要是落叶乔木，偶尔混有几棵红松树。空气温暖而又宁静，太阳挂在浅浅的深蓝色天空中，阳光洒落下来。我们沿着一条小路向里走，在森林的中间，矗立着一棵苹果树，上面结满了苹果。孩子们同我一样吃惊，苹果树是种在花园里的物种，森林里怎么会有野生的。他们问我，能吃吗？我说，可以啊，随便拿。那一瞬间，我突然明白了自由的含义，充满幸福也充满忧伤。

黄 蜂

黄蜂的身体是两截式的，后半部分略有点像圆锥形，表皮光滑且有光泽，前部更圆一些，只占整体体型的三分之一，但它的腿、翅膀和触角都是从这里伸出来的。黄黑相间的图案，发亮的表面和圆锥形的体型，使得后半部分像一个小小的复活节彩蛋，又或是微型的法贝热彩蛋。因为如果你仔细瞧，你就会惊讶地发现上面的图案多么规则又美观，黑色的条纹像是细细的缎带，将黄色区隔开，缎带旁边还藏着黑色的点点，看着就像是精心绘制的镶边。硬度在我们看来不是很高，手指只需轻轻一按，就能让它的外壳破裂，软软的内脏就这样漏了出来。但在黄蜂的世界中，肯定就像铠甲一样坚硬，不难让人联想到一副盔甲。在用那六条腿、两对翅膀以及两个触角飞行时，它们仿佛是一个全副武装的骑

九月／黄蜂

士。这些是我上个星期想到的,当时的天气像夏天一样,阳光灿烂,我决定抓住这个机会,给房子的西墙做个粉刷。我知道家的通风管子里有个黄蜂巢,因为我们晚上睡觉时,常常听到墙外有嗡嗡作响的声音,然后在通风管这里戛然而止,肯定是黄蜂钻进去了,有时即便窗户和门都关着,也会有几只飞进屋里。那天我架了个梯子,一只手拿着水桶和扫帚,当我爬得够高,可以够到屋脊下的木板时,根本没想到它们,因为即便它们住的地方离我们的床只有一米的距离,它们也从未针对过我们,仿佛我们根本不存在,或者只是它们生活背景的一部分。但那天下午情况变了。我刚开始刷墙,就隐约听见通风管那儿有微弱的嗡嗡声,有只黄蜂从里面爬了出来,它从管道边发出嗡嗡声飞了起来,大概飞到二十米高左右,小小的一个圆点定格在蔚蓝的天空中,然后径直朝我飞了过来。与此同时,又有一只黄蜂从通风管道里爬出来,然后一只接着一只。一共有五只黄蜂开始在我四周盘旋。我试图挥舞左手赶走它们,并注意别让自己跌倒,但这当然无济于事。它们倒也不蛰我,但它们越靠越近的行为还有让人恼火的嗡嗡声,逼得我只好爬下梯子。于是我点上一支烟,思考下一步该怎么办。这场面着实有些侮辱人,因为与我相比它们的体型微不足道,还不如我手指最前端的指节长,身形也比我的手指细得多。我去厨房拿来了苍蝇拍,爬上梯子,然后把刷子蘸在红色的油漆里,正当我要涂上第一抹墙漆时,那恼人的声音又响起来了。不久,第一只黄蜂钻出了通风管道口,落到空中,随后绕着我飞了起来,没过多久我就又被包围了。我用苍蝇拍去打它们,碰到了几只,但只是在空中将它们用力拍出了飞行轨道。这样我根本没法刷涂料,只好作罢。我把油漆倒回大桶里,然后把刷子洗干净。过了几小时,我尽可能小心地爬上梯子,把通风管用强力胶带封死,又蹑手蹑脚地爬下梯子,匆匆忙忙跑进屋,迅速上楼进到卧室,把里侧的通风管也用胶带封好。那天晚上我们上床休息时,外头的嗡嗡声不绝于耳,第二天也是同样的情况。但之后就安静了。

塑料袋

由于塑料降解的时间相当长，全球的塑料袋数量不仅庞大且与日俱增，又因为塑料袋是如此轻盈，既能像风帆一样迎风飞翔又能鼓成气球，因此人们总在最意想不到的地方碰到塑料袋。昨天，我去商场购物结束后，回家把车停好，看见一个塑料袋挂在房屋顶上飘扬，提手被卡在生长在那儿的攀援植物上。几天前，我准备把买来的四丛醋栗灌木种在院子里，所以在空地一头离开篱笆几米的地方挖洞，正巧碰到了一层破损的屋顶瓦片和破损的塑料条，通过上面印着的商标，我明白过来那玩意儿是购物袋。我不知道这种地方怎么会有购物袋，但这景象让我感到不安。因为这薄薄的塑料，又白又滑，和这黑色的碎状表土形成鲜明对比，明显是外来客。土壤有个特性，能让里面所有东西都变成土壤，但这条法则不适用于塑料，它自打制造出来就排斥一切：泥土会在塑料的表面滑落，无处可依附，无孔能入，换成水也是一样。塑料袋有种无法触及的特点，仿佛置身在一切之外，如同时间一样无情。当我看见它的时候，心中莫名涌入一股悲伤，连我自己也不知道为何。或许是因为我想到了污染，或许是想到了死亡，但也可能是因为想到我没法在那儿种植醋栗灌木丛了。可能这几个原因都有。于是，我用铲子在离开一点距离的泥土里开始挖洞，同时思考为什么我所有的想法和联想都会这样，总是在麻烦、忧虑和黑暗，而非欢乐、轻松与光明中结束。我这辈子见过最美丽的东西之一，是一只漂浮在水面上的塑料袋，地点是遥远海洋中一座小岛的码头外，我为什么没有联想到它呢？海水是那么清澈透明，天又冷又平静的时候就会这样，带着一抹淡绿色的凉爽色调，而那只塑料袋则立在大约三米深的地方，绷得紧紧的，一动不动。除了自己，它什么都不像，既不像生物，不像水母，也不像热气球，它只是一个塑料袋而已。我却站在原地看着它。那是在桑岛上，布朗德群岛里最外围的一座岛屿，坐落在挪威西部的海域中。除了我，只有三个人住在那儿。空气冰冷，天空湛蓝，我所在的码头被白雪覆盖了一部分。因为被海底世界所吸引，我过去每天都要去那儿，那里是链条和绳索消失的地方，无比清澈但又让人难以靠近。海星、贝壳、海藻，但最重要的是，它们所出现的这个空间——海洋。在岛的另一侧，长长的海浪沉重地撞击着陆地，而在这一侧，海水却安安静静地躺在峭壁和码头之间，海底的沙砾之上。这儿也是港口区，满是澄澈的海水。或许，这儿的水并非完全透明，海水让光线有些扭曲，仿佛一块厚厚的玻璃。当我站在码头上时，那白色的塑料袋始终一动不动地悬浮在水面和海底之间，泛着微弱的绿光，不像陆地上的白色塑料，塑料和阳光之间只有空气，所以在日光下显得有些锐利；而是泛着柔和的光泽，像蒙了一层薄纱。

为什么让目光从这只沉入海中的塑料袋上移开是那么困难？

眼前的景象并未让我充满喜悦，我离开的时候也不怎么开心。见到它时，我并没有满足感，内心也并没有因此平静下来，不像解决饥饿或口渴后的那种满足感。但看到它还不错，就好像读一首诗那样不错，一首以某种具体意象结尾的诗，仿佛在其中找到了支点，那种无穷尽的感觉才能平静地舒展开。在2002年2月的这一天，这只盛满水、提手向上的塑料袋就这样漂浮在水下几米的深处。这一刻既不是任何事物的开端，也不是任何事物的终结，更算不上什么深刻的见解。也许前几天，我站在那儿铲土的时候想的就是这个：我仍旧处在开始和结束之间，并将永远延续下去。

太 阳

自打我出生以来,每一天太阳都一直在那儿,但我从来没有真正习惯它的存在,或许是因为它与我们所知道的其他事物都不相同。作为我们生活的世界中罕见的自然现象之一,我们无法接近它,因为那样我们将化为乌有;我们也不能发送任何探测器、卫星或是飞船,因为这些东西也会化为乌有。我们也不能用肉眼看太阳,那样会导致失明或是视力受损,有时这感觉像是一种不合理、几近侮辱的存在:它就这样挂在高空中,地球上的所有人和动物都能看到它,面对这个燃烧着的巨大天体,我们甚至不能注视它一眼!可现实就是如此。如果我们直视太阳几秒钟,视网膜上就会布满晃动的小黑点,假如我们盯着不放,那黑点就会像吸墨纸上的墨水一样在眼内扩散。换言之,我们的脑袋上悬挂着这么一颗燃烧的球体，不仅带给我们所有的光与热，也是所有生命的起源与基础，但同时它又是绝对无法接近的，并且对其所创造的事物漠不关心。读到《旧约》中一神论的上帝时，很难不联想到太阳。人与上帝之间的关系有一基本特征便是，人们不能直视上帝，必须低下头。上帝在《圣经》中的形象就是火，它代表神圣，也始终代表太阳，因为世间的所有火都是其分身。托马斯·阿奎那写道，上帝是不可动摇的推动者。与他同时代的但丁将神圣描绘成一条光明的河流，在《神曲》结尾描绘了对上帝的一瞥，其形象便是一个永恒发光的圆。人们若没有宗教信仰，就只是任意的生物，境况的奴隶，可但丁这么写，让阳光下的人变成了意义重大的存在，而太阳只是一颗恒星罢了。尽管对现实的观念有兴有衰，有爆发也有消失，现实本身是不可动摇的，其存在的条件不可改变：先是东方的天空亮了起来，黑暗缓缓从田野上消退，当空气中充满了鸟鸣，阳光洒在云层的背面，云朵由灰色变成粉色再变成明亮的白色；与此同时，寥寥几分钟前还是灰黑色的天空变得蔚蓝，第一缕阳光洒满了花园，白昼来临。人们往返于繁琐的工作，阴影起初变得越来越短，随后又越来越长,和地球自转的节奏同步。当我们坐在屋外的苹果树下吃晚饭的时候,空气中充斥着孩子的吵闹声、餐具的叮当声,还有树叶在微风中沙沙作响的声音。没有人注意到太阳挂在客房的屋顶上,不再是如火的金黄色,而是披着橙色的外衣,不动声色地燃烧着。

牙 齿

当第一颗牙齿出现的时候，小小的石头慢慢地从孩子红色的牙龈中冒出来，起初只是个小尖尖，随后便像小小的白塔一般耸立在口腔中，很难不让人好奇，这东西从何而来？婴儿所摄取的食物，大部分是牛奶，但也有一些捣碎的香蕉泥和土豆泥，这些食物与牙齿没有任何相似之处，恰恰相反，牙齿很硬。但话说回来，某些物质肯定是从部分为液体、部分为软食的食物中被提取了出来，传输到了颚中，然后汇集成了形成牙齿的物质。但这个过程是如何进行的呢？皮肤和肉体、神经和肌腱的形成和发育可能也是一个同样巨大的谜，但感觉又有所不同。人体组织柔软且充满活力，细胞向彼此、也向外界开放，进行物质交换。光、空气和水从细胞和组织中流过，不管是人和动物，还是树木和植物。但

九月 / 牙 齿

牙齿是完全闭合的，它们排斥一切，反而更接近山川和石头、砾石和沙子构成的矿物世界。那么，经过百万年风吹雨打，由熔岩固化而形成的岩石，或者通过无限缓慢的沉积过程所形成的岩石，其中起初柔软的物质经挤压变得钻石般坚硬，还有我的孩子，当我写下这些时，他们正躺在自个儿的房间中，在一片漆黑里呼呼大睡，从他们的上下颌上长出来的这些如搪瓷般的小石头，这三者之间的区别到底是什么？对两个大的来说，长牙掉牙已经是习以为常的事了，但对最小的那位来说，这事仍然伴随着极大的兴奋和关注。掉第一颗牙算是一件大事，第二颗，或许第三颗也是，但之后心态便有些膨胀了，牙齿似乎会自己弹出来。在夜里躺床上睡觉的时候牙齿便开始松动，所以第二天早晨我不得不问枕头上的血迹是哪儿来的，或者下午在客厅啃苹果时掉了牙，这时大家都不把这当回事儿了。"给你，爸爸。"他们其中一位可能会边说边把牙齿递给我，我把它握在手中，带到了厨房。我要这玩意儿干吗呢？我站在长凳前，窗外，秋日的天空洒下昏暗的光线，淡淡地照在我面前的水龙头和水槽上。这颗小牙齿呈亮白色，根部有些暗红的血渍，搁在手部的红白色肌肤上，显得几乎有些不洁。扔掉牙齿感觉不太对，毕竟牙齿是她的一部分。但与此同时，我也没法存起来，留着它干吗呢？难道等老了，拿出一盒沙沙作响的牙齿，去回忆牙齿的主人是谁吗？牙齿不会像身体的其余部分一样老化，也不会随着时间的流逝而变化。这颗牙齿永远十岁。我打开水槽下面的橱柜门，将牙齿丢进垃圾桶，它掉落在一张柔软的咖啡过滤纸上，由于上面还残留着黑咖啡渣而褪成灰色。我拿了一个皱巴巴的麦片袋，扔在垃圾的顶部，这样就再也看不到那颗牙齿了。

海豚

我们划船出游来到峡湾,天空灰蒙蒙,有些阴沉。面前坐落着许勒斯塔山,细长的山峰高几百米,笔直地耸立在峡湾之中,浓雾深处如一面深黑色的岩板墙。我的头发被峡湾的水汽弄湿了,用手指掸一掸雨衣的袖管,聚积的雨水就会沿着手指流淌下来。船桨和桨叉之间的摩擦声和击打声听上去难得那么清楚。这些声音通常会离开小船,慢慢消逝在开阔的水面上,现在却被雾气包裹着,阻挡了去路,同时雾气也隔绝了其他靠近我们的声音。当外公停下划桨的动作,收起船桨时,四周一片寂静。水流缓缓移动着,形成微微晃动的大波纹,水面却很光滑。我和表兄把渔网的铅锤放下去,铅锤迅速沉入船下的深处。附近突然传来一种窸窸窣窣的声响。表兄抬头看了眼,但外公一开始没有任何反应。窸窣声开始加强,伴随着微弱的哗哗声,有东西从水中游了过来。表兄用手一指,外公转过头。就在几米远的地方,一群海洋生物的脖子和背部在水面上跃起、降落。

我精神一振。

它们一共有五六只,隔着很近的距离一起游动、冲浪,每次冲破水面时,都能激起白色的浪花。我永远忘不了那阵嗖嗖声,忘不了它们是如何用欢乐却又专注的动作,在我们周围的水域里滑过的那一幕。它们灰褐色的皮肤十分光滑,圆圆的身体跟孩子的身高等长。我还瞥见了它们的眼睛,像是两个黑色的小圆点,嵌在凸出的鼻子上方,还有嘴巴,看起来仿佛在微笑。

后来,当它们从视野中消失后,外公说看到海豚会带来好运。他老爱说这种话,他相信预兆和警示,但即便我乐意听他这么说,我却从来没想过这种事会是真的,一眨眼的工夫都没有过。可现在我相信了。因为我们根本不知道幸福和不幸是怎么分布的,不是吗?在当今这个理性时代,如果是按照大多数人所想的那样,幸福和不幸产自人的内心,是我们自己创造了幸福与不幸,那么问题来了,在这样的时代,"自己"又是什么呢？是否只是一堆细胞，是基因的产物，又受到了经验的修改调整？这些细胞在小型的电化学风暴中激活又失活，人们才有了一定的情感、思想、话语和行动吗？由此引发的外部结果是否创造了新的内部风暴，以及随之而来的一系列情感、思想、话语和行动？这种推论既荒谬又机械，但将海豚归纳为具有某种特性和行为模式的海洋生物则更荒谬，更机械。因为对于所有经历过这一幕的人来说，它们不仅来自海洋的深处，也来自时间的深处，经历了数百万年的光阴却分毫未变。他们知道，看见海豚时，心灵的某个地方会有所触动，仿佛是被它们触及了一样，而见证这一幕的你，是冥冥中被选中的幸运儿。

汽油

在秋天的雨季里，天空是深灰色的，树林里道路两旁的云杉树是深绿色的，道路上的沥青是黑色的，各种各样的颜色都因为压抑的光线和湿气变得暗淡，唯独散落在路上的汽油，闪烁着最梦幻最不同寻常的颜色。汽油与我们所知道的一切事物都不尽相同，简直像是来自另外一个世界。它会让人想到一个充满冒险的宏伟世界，丰富多彩且无比慷慨。之所以说它慷慨，是因为汽油会变色，似乎可以毫无征兆地出现和消失，总是与最空荡、最丑陋的地方联系在一起。草地、田野、峭壁或海滩都从未出现过这般色彩的戏法，它只会出现在停车场、碎石路、柏油路、码头和建筑工地上。汽油可能出现在水塘里，在因为砂砾和灰尘而变得灰黄、不透明的水面上突然流动起来，但却和

九月／汽油

水以及周遭的一切保持着分离的状态。如果你在汽油中插上一根棍子，那么还可能会出现新的颜色——紫红色、淡紫色、宝蓝色———一个个弯弯曲曲形似泻湖的图案，如海螺壳和银河一般美丽。这些海市蜃楼般轻盈、五彩缤纷的图案本身就是一个谜，仿佛像是一幅神秘的画。不仅如此，正因为每个人都知道汽油本身并没有什么颜色，才更显神秘。我们都曾见过汽油从汽油桶里倒出来，经过漏斗，流入浮动码头旁轮船的红色油箱里。那时的汽油是绝对无色透明的，它让周围的空气似乎在颤抖一般。我们都知道它拥有何等的力量。清理爆炸现场碎石的大型推土机，简单粗暴地将铲斗径直插在碎石堆里，一边抬起碎石一边往后移，随后将它们哗哗地倒入在一旁等待着的卡车平板上，这样的推土机是靠汽油来驱动的；载着沉重碎石的卡车很快就上路了，也是靠汽油发动，还有拖拉机、公交车、油轮和飞机，无一例外。看起来几乎像在海湾上飞翔的赛艇也要靠汽油驱动；在书上读过，但从未亲眼见识过的赛车亦是如此。更不必说我们父母辈的汽车，这些每天在马路上四处晃荡的常见车辆，还有年轻人爱骑的摩托车和轻型摩托车，都得指望汽油。还有犁车、拖拉机、挖掘机、链锯、舷外发动机，等等。我们周围所有具备速度、力量的东西，所有风驰电掣带着轰鸣声的发动机，都需要燃烧汽油。汽油是从石油中提取的，石油则是从地下深处的储油层开采而来。石油是古代的有机物转化而来的，当时地球上还没有人类，只有恐龙这种巨大又简单的生物，那时的花草树木也更大更简单。在我们身边展开的正是这股史前动植物的力量。这一事实意义重大——推土机和恐龙之间的关系对所有孩子来说都显而易见，但在七十年代的许多水塘里，那些微微颤抖的彩色小镜子，它们的神秘之美和这股力量之间的关系至今仍是个谜。

青 蛙

今年夏天我们参加了一个六十岁生日聚会，在挪威西部峡湾附近的一个礼堂里举办，离海不是很远。那天的雨下个不停，晚上我们准备回家时还在下。我们沿着泥泞的碎石路，朝着车子一路小跑。我把包放在后备箱里，孩子们身心疲惫，百无聊赖，坐到我那周租来的厢型车上，系好了安全带。雨水倾泻在黑压压的大地里。这样的漆黑只会出现在这种场合，因为这里的夏夜一般都比较明亮，好像在某种程度上，天空只是被黑暗遮住了。这种黑暗也不是真的黑，而是有些泛蓝的、轻盈的黑。雾气和沉重的乌云，一整天都像个盖子一样笼罩在山间的洼地上，增加了黑暗的密度，但又不是完完全全的黑，也不是纯黑色。因为通过湿润的深灰色空气，我们可以依稀瞥见周围的杉树，如黑夜一般漆黑。

我发动汽车,打开远光灯,把车开到下面狭窄的柏油路上。车沿着峡湾行驶,路实在太窄,每次碰到对面来车必须刹车才行。好几回我必须往后倒一下,开到最近的停车点去。经过几处斜坡和陡峭的山路时,唯一的保护措施仍然是路边的大石头。车灯里照射出来的光在前方的黑暗中打开一条缝,我们仿佛行驶在没有尽头的隧道里。这条路慢慢离开了峡湾,缓缓上升,穿过山谷又翻过一座山,终于在山的另一侧开始逐渐下降,又重新与峡湾汇合,贴着它行驶了几十公里。

沥青上突然开始出现一些小石头。女儿坐在我旁边,一动不动地盯着路面,仿佛被黑暗中的光给催眠了。她突然说这些小石头动了。她话音刚落,我也看见了,它们在沥青上跳来跳去。原来那些并不是石头,是青蛙,渐渐地数量越来越多。在我们面前的沥青路面上,有些地方大概有三四十只青蛙。根本不可能避开所有青蛙,它们挨挨挤挤地聚在一起,我只能从它们身上碾过去。汽车开了好几公里,路上一直有青蛙出现,大约有好几百只,就在那晚它们集体从水沟里跑了出来,在路上蹦上蹦下,跳到马路对面。是因为下雨

九月 / 青蛙

的关系吗?还是说每年的这个时候,也就是说每年的某个夏夜,它们会同时搬到另外一个地方?当我们沿着峡湾旁蜿蜒的道路,在黑暗的雨中行驶时,我想这个问题的答案我也许永远都不得而知。像所有的两栖动物一样,它们有着远古的某些特质,它们来自于不同于我们的时代,来自于一个更纯粹的世界,那时候的花草树木也更加原始,但与当时的几乎所有其他生物不同。它们现在仍存在于这个世界上,或许是因为它们有着极其高效的生活方式,不管世事如何变迁都不受影响。对它们而言,现在的世界一定和过去的世界一模一样,它们的所见所感、所思所想,它们的行为都未曾改变,无论过去或未来。这种不变的特性本质上与较年轻的生物,例如松鼠和獾没有什么区别。当然了,青蛙的存续时间可要长得多,似乎绵绵不绝。但如此近距离地观察它们还是令我感到震惊,就像有一回,我跟着女儿的幼儿园一起去森林散步,在树叶间突然出现一大堆跳来跳去的小青蛙。一位家长特地抓来一只,捧在手里好让孩子们观察。它的身上有种令人反感的东西,我想或许是眼睛吧,那双眼容纳了一切与邪恶相关的事物,既冷漠又空洞,不通往任何灵魂,就像猫的眼睛那样。这双眼睛注视的不是人类，而是别的什么东西，至于是什么，我们恐怕永远都猜不透。

教 堂

从我们居住的格莱明格上方的山脊上，可以看到三座教堂。一座是红砖砌成的，带有铜色塔楼，被称为格莱明格教堂，它是在世纪之交拆除旧教堂后新盖的，旧教堂对于发展中的村庄来说显得太小了；另外两座是中世纪建的，外墙粉刷成白色，且没有尖顶塔楼，分别是英格斯托教堂和瓦莱贝加教堂。建造它们的时候，每个小村庄都是一个独立的单位，教堂周围的矮屋好像小鸭一样围绕着母鸭，四周都是田野。尽管教堂的结构不曾改变，现在也不再具有任何意义，但它见证了过去的生活和思考方式。如今，再也没有什么东西会聚集在某个地方了，教堂的象征意义也不复以往。过去，洗礼、坚信礼、婚礼和葬礼都在此举行，居民们每个星期天都会来到教堂，按照定居在此后的习俗，聚在一成不变的天空。这里的土壤是欧洲最最肥沃的土壤之一，气候宜人，曾经那就是财富的代名词，就连最小的村落都有自己的教堂。如今，财富去了城市里，这儿到处都是低价待售的空房子。商店、图书馆和学校都关闭了。土地还在耕种，但利润微薄，而且只有少数几个农民留下来。这些是我驾车穿越这片风景时的所思所想，我看到的一切，几乎和十八世纪村庄的风貌一模一样，教堂、村庄、广阔的田野、高大的落叶树林、天空，还有大海。然而，一切又不尽相同。我对此感到悲伤，这悲伤没有理由，毕竟我未曾在十八世纪生活过。不仅如此，它还削减了我本来的快乐，对现存之物、对我们所拥有的一切而感到的快乐，这种失落感是如此巨大，以至于都能归类为疾病了。这种病叫怀旧，是对过去的怀念，也叫"影子病"。与之相对应的自然感觉是对尚不存在之物的渴望，也就是对未来的向往，这未来充满希望和能量，也并非不可实现，它与已经失去的无关，而与可能获得的有关。或许正因如此，我的怀旧感才会这么浓重。乌托邦已经从我们的时代消失了，我们的渴望再也无法面向未来，只能面向过去，渴望的所有力量也汇集于此。从这个角度来看，过去的教堂也算是某种灵魂工程，因为它们不仅仅是当地身份的具象化，同时还代表了现实的另一个层面，即神性，存在于每天的辛勤劳作之中。当天国在地面升起，它也将对未来开放。如今，再也没有人追求现实的神圣层面，教堂里也空无一人，这意味着教堂已不再是必需的了。不必需就意味着天国已经降临。除了渴望本身，再也没有什么能让人渴望的了。我从这里看到的空荡荡的教堂，便成了渴望的象征。

撒 尿

撒尿是我们最常做的事情之一。在撰写这篇文章时，我已经生活了约16500天。我们做个假设，如果我每天平均小便5次，那么小便的总数大约是75000次。我们可能会对身体的其他功能和现象（例如心跳或思想冲动）感到惊奇，但小便这一现象从未让我感到惊讶，也从不觉得陌生，即使小便对身体而言是一种独特的行为，因为它将身体与外界联系起来，通过撒尿，外界仿佛流经我们的身体。不，我只是站在马桶前面，往便器底部的水里撒尿，液体的颜色和质地会慢慢发生变化：从有光泽的透明液体，变成淡黄绿色或深黄棕色，这取决于尿液的浓度，还会出现满满的小气泡和水泡。从便池散发出来的气味，闻起来带有些许咸味，其中还有一些其他的东西，略微腥臭的味道，比起较淡的尿液，较浓的会散发出更强烈的骚臭气。当许多人在同一个地方小便时，液体本身或蒸发或渗入地面，便会形成一堵恶臭的墙。这种恶臭是如此尖锐，如此剧烈，以至于多闻几秒钟就无法忍受。这说明了集体的力量，因为虽然自己的小便也是那股恶臭中的一部分，但那一直都只是隐性的，几乎注意不到，这么一想反而有可能从中找到乐趣。每个人小便里的淡淡臭味与这股恶臭之间的关系，就好比一支香烟与死亡的关系，都带着轻微的刺激。

但无论撒尿是件多常规的事，无论有多简单，我们都必须学会撒尿。所有照顾过婴儿的人都知道，当小便不受控制时会出现什么样的情形：孩子躺在尿布台上，如果是女孩，金色的液体会突然像小溪一样，从两腿的缝隙里淌下来；如果是男孩，他的小水龙头会突然喷出一道闪着金色的喷泉。但他们自己却丝毫没有察觉，只会微笑着凝视天空，或发出咿呀的声音，仿佛发生的一切与他们无关。只有再过几年，尿裤子这件事对他们来说才算是一种羞耻。这种羞耻从何而来，我不得而知。我的经验是，无论这件事被处理得多么平凡和无害，羞耻感都会出现。也许尿裤子本身并不可耻，只是充满了可耻的感觉，会让人觉得没法控制自己、不受限制、不由自主，仿佛对他们提出了一种看不见也听不见，但却十分强烈、绝对的要求，让人感到羞耻的正是这种无形且不受控制的泄露动作。我最后一次尿裤子的时候，年纪大得令人惊奇，所以我记得特别仔细。当时我十五岁，还在读九年级。我参加了户外的选修课，去山里滑雪。那会儿已经是深冬了，好像是二月或三月吧。到了傍晚，当我们抵达小木屋的时候，班里兴起了一场比赛，比比谁吃的菠萝罐头最多。最后我胜出，代价是我的肚子里塞满了菠萝和菠萝汁，几乎无法行走，现在一闻到或尝到菠萝的味道我还会反胃。之后我们便一个个躺下睡着了，十二个年轻的男孩女孩儿分别睡在各自的睡袋里，躺在阁楼的地板上。半夜我因为尿裤子醒了，内裤和秋裤都湿透了。当我意识到发生了什么后，我自己都吓坏了。如果被人发现，那我想象不出比这更大的灾难了。当时我十五岁，喜欢同去的一位女孩儿，而我竟然尿裤子了。我小心翼翼地爬出睡袋，跪在地上，睡袋也湿了。接着我打开背包，拿出一条备用内裤和一条毛巾。满月的月光透过窗户洒进来，所有人都躺在地上，在我周围沉重地呼吸着，我踮起脚尖穿过房间，下到一楼，随后轻轻地打开门走了出去。星星在头顶的夜空中一闪一闪，月光照在向四面八方延伸的雪地上，闪闪发亮。我走到小木屋的一侧，脱光衣服，用毛巾把湿漉漉的大腿和小腹擦干，换上新的内裤，一遍一遍地将被尿液浸湿的衣服在雪地里搓，又在厨房找到了一个塑料袋，把衣服装进去，然后上了楼，把最后一条毛巾罩在睡袋上，盖住飞盘大小的尿渍。当我发现没人看到我做了什么，也没人会知道那天发生了什么时，我那惊人的耻辱感消失了，取而代之的是一种强烈却奇怪的幸福感。因为当羞耻感淡去，我就能回味睡梦中模糊但又清楚的感觉：神啊，原来尿裤子是这么美妙。

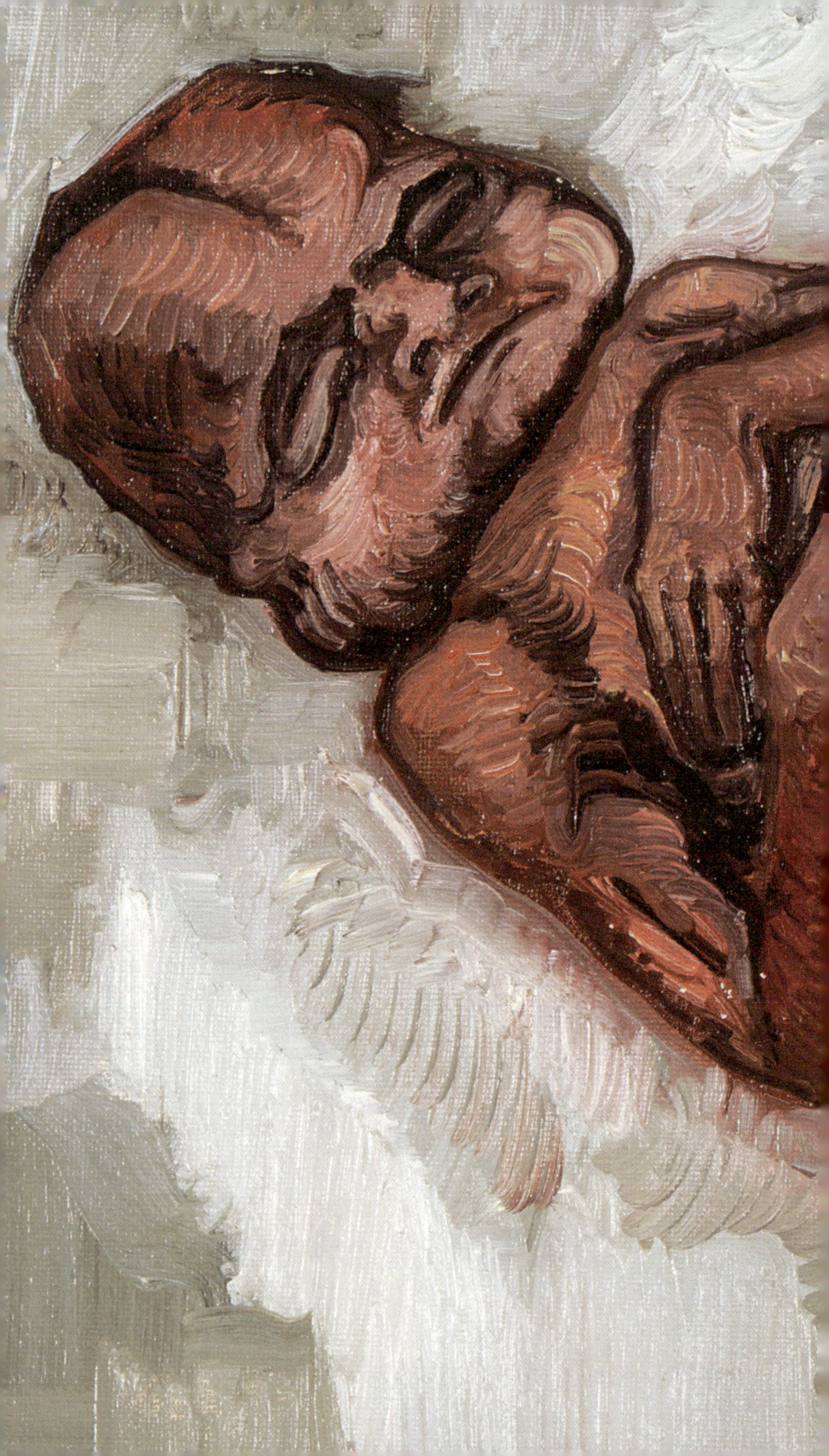

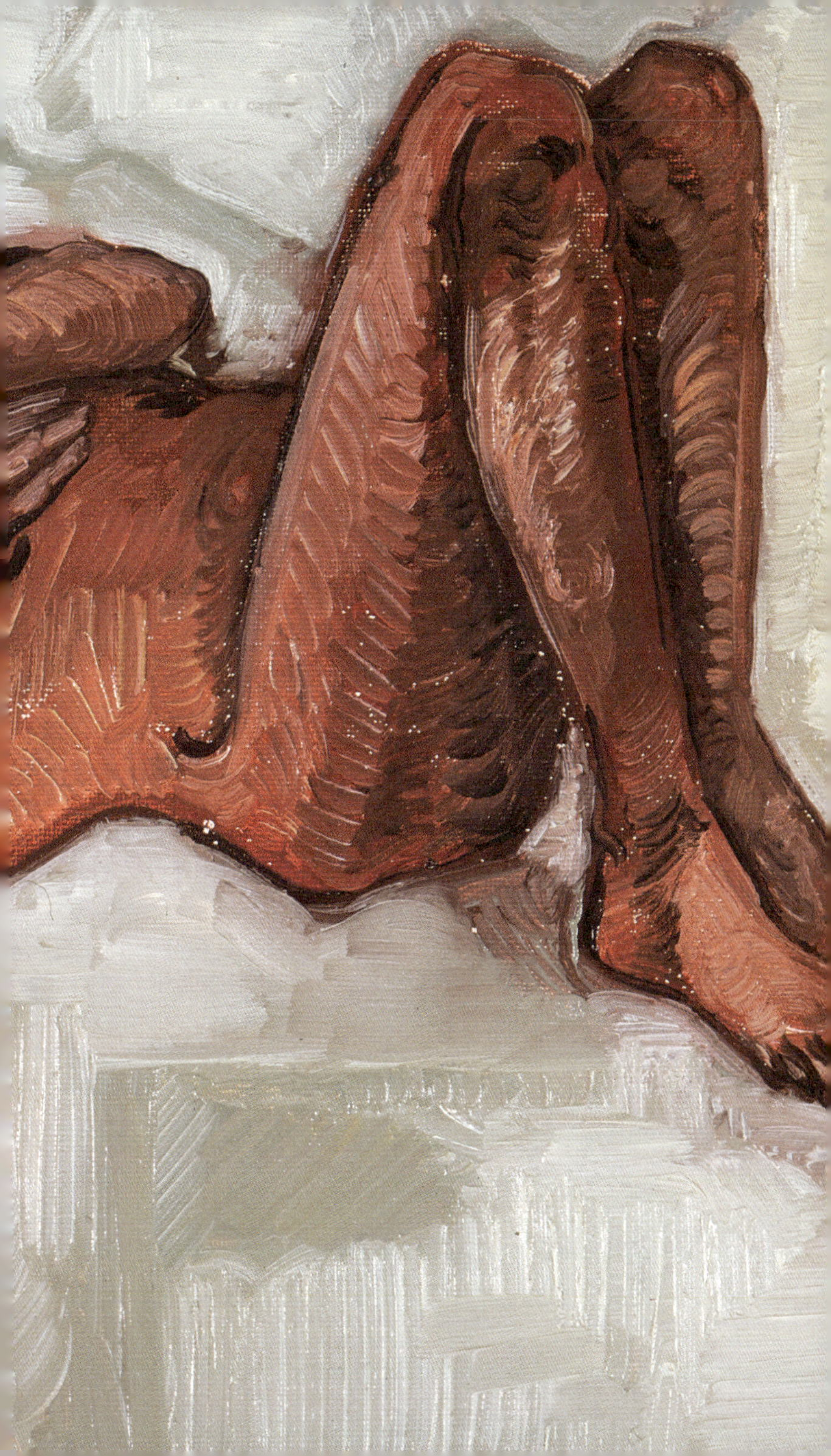

框 架

框架构成图画的边缘,标记着图画内外的分界线。虽然框架本身并不是图画的一部分,但它也不是图片外的一部分,和挂着图片的墙壁没有关联。框架从不会以任何有意义的方式单独发挥作用,没有画的框架是空洞的,虽有形却无形。框架和窗框以及眼镜框有着紧密的关系,更远一点看,它和墙壁、围栏、围墙、边境、类别也有关联。物理意义的框架通常由木头做成,由制作商根据用途制作或由工厂批量生产。但是,框架也有着象征意义,即对某种事物设限,例如在谈论建筑项目的资金使用时,我们会聊到财务框架,或是某种仪式或典礼,要在安全框架内举办。换言之,框架限制了某种现象,它创造了一道清晰的内外边界,通过隔离的方式,给事物下了清晰的定义,也就是说,它本身变成了某

九月 / 框架

种事物，获得了一种身份。身份意味着一种事物是这么一回事，而不是另外一回事。

在自然界中没有框架，万事万物是彼此交织的。地球是圆的，宇宙是无限的，时间则是永恒的。其中的含义，没有人可以理解，因为做一个人，就要去归类、分类、识别身份并给出定义，做出限制设定框架。我们的生活便是如此，我们待在家里，天花板、地板、墙壁精确地将家和外界区分开；除此之外，假如我们住的是独栋房子，那么院子边缘也是一道分界线。我们自身亦是如此，我们将自己和身体以及身体的边界相连结，将自我与特定的思想、想象、观念、见解和经验相关联。还有我们的现实，即我们所称的世界，我们将其划分成事物与不同类别的事物，现象与不同类别的现象，又根据各种事物和现象之间的差别来理解这个世界。这种区别就是一种框架，它区分了内部和外部，但它本身却不被认可为人们看见或理解的现实的一部分。

无论是我们还是世界，没有这些框架都将变得无法想象。框架存在于万事万物之中，它们不仅关系到事物本身，还关系到事物应有的样子，因为我们为人处世的方式，也有着清晰的框架。生命川流不息，每隔一段时间，我们该做的和我们想做的之间就会产生错位，具体表现为一种冲动，想要跨出为我们设定的条条框框。这种冲动倘若得到了释放，就会出现一段无拘无束的时期，直到设定了新的框架为止。这种情况若是出现在个体的生活中，就被称为青少年叛逆期，倘若出现在整个文化中，则被称为一代人的反叛、革命或是战争。所有这些运动的共同点便是对真实性或曰真实的渴望，简单来说，就是希望现实与自己想象中的别无二致。再换句话说，人们向往的是没有条条框框的一段生活，一种存在，一个世界。

黄 昏

在写这篇文章时,屋外已是黄昏,已经看不清外面的草地是什么颜色,也看不清对面房子的木墙,只有那面粉刷过的外墙还反射着微弱的灰白色光线。屋顶上方的天空要稍稍亮堂一些;最先变黑的是地面。在屋顶后大约三十米处,沿着经过墓地的那条路,有七棵树枝分叉的大树。在稍稍亮一些的光线背景下,可以巨细无遗地看见树枝所构成的网络。当我再次把注意力转移到草地上时,已经什么都看不见了,黑暗像一汪小小的湖水笼罩在草坪上。与此同时,屋子里的房间仿佛凸显了出来,填满房间的黄色光线穿过窗户,变得越来越亮。今晚,屋子里有六个孩子,最小的那个刚刚上床睡觉了,手里还端着瓶牛奶,她现在应该睡着了吧。六七岁的孩子应该正坐在床上,一边玩着他们的 ipad,一边大声聊着正在做的事。还有两个八岁的孩子，刚才爬到了花园尽头的篱笆上，又从篱笆爬到了树上，我猜他们此时正坐在客厅里看电视。最后那个十岁的孩子，前脚刚从朋友家回来，现在应该正躺在二楼的床上玩《模拟人生》。屋外渐渐淡去的光线，并不是他们脑中正在思考的问题。对他们而言，这只是所有夜晚中的一个，好像无穷无尽，合在一起便构成了他们的童年。过两三个星期，他们或许还能记得今晚的一些情景，好比说我们晚饭吃的是千层面，但之后便会永远消失在他们的记忆中。然而，要知道哪些记忆会保存下来并不总是那么简单。上周末，我和八岁的女儿去城里转了转，她告诉了我一些她所谓的"从小"就记得的事情。有一些小细节和随意的一瞥，她自己都记不清是来自什么地方了，到底是马尔默、斯德哥尔摩、约尔斯特还是我们曾经度假的某个地方。一道背靠大海的栏杆，一辆驶过博物馆的小火车，还有森林里的一条长凳，她曾经坐在那儿吃过午饭。在马尔默的公寓里，她从一岁一直住到了五岁，根据她的描述，她还记得那儿的台阶，往上走就能到卧室的门廊，有一回她曾坐在那台阶上。

九月 / 黄昏

在写这篇文章期间,有两位母亲过来接走了各自的孩子,屋外已经是漆黑一片,一切都黑蒙蒙的。唯一亮着光的是窗户内的房间,从我所在的这栋小房子里看过去就像是个水族馆。在餐厅的灯下,我看见六岁的儿子向前伸着脑袋,很有可能在看 ipad 上的某一集电视连续剧。八岁的女儿刚刚去了厨房,根据她的手势动作,我猜她在给面包片抹黄油。很快我就要起身走到他们跟前,在抗议声中关掉电视机,督促他们去刷牙,最后再给他们读睡前故事。之后他们便会闭上眼睛,躺在黑暗中等待睡意来袭,睡梦之桥将会把他们带往明天,而我则在 2013 年 9 月 15 日,星期一的格莱明格桥,写完这篇关于黄昏时分的文章。

养蜂

家畜饲养一部分是为了让动物亲近人类，例如将它们纳入到语言交流中来——人一咂嘴，马儿就开始小跑；一唱起悲伤的歌曲来引诱奶牛，它们便在夜晚跑了进来；一说"坐下"，狗狗就会蹲下后腿坐在地上。家畜饲养还有一部分是为了让人亲近动物，也就是给予它们空间，并满足它们的需求。给奶牛造个牛棚，准备好干草、饲料和水，帮它们铲掉粪便，或是骑骑马，驯驯狗，轻轻拍打猫咪。在所有的畜牧业中，都有一个人和动物相会的地带。在极少数情况下，人和动物从不相会，这种饲养是单方面的，人类见到动物，并满足它们的需求，但动物并不会亲近人类，那么问题就是，这样的关系是否还能继续被称为家畜饲养，还是说这算是一件别的事情了。养貂就是这么一个极端情况。貂有食物，有

九月 / 养蜂

水也有暖气,但它们攻击性强,又胆小,无法被驯服且不通人性,一有机会,它就会一口咬上给它喂食的手,又或是从笼子里逃出去,奔向森林。比起家畜,貂更像是一个囚犯。它害怕人类。养蜂也是一个极端例子,但原因不一样。蜜蜂并不知道它们被人类包围了,对人的照料、想法和计划全都一无所知。养蜂其实就是要尽可能地重塑蜜蜂的自然环境,以此来获取并控制其劳动成果,也就是蜂蜜,同时还要防止它们逃逸。话说回来,"逃逸"这个词用在这儿并不恰当,因为逃逸的前提是拥有逃离的意志,而蜜蜂生来就具有蜂拥的本能。养蜂人的任务就是压制这种本能,转移它们的注意力。然而,与蜜蜂的交流却是完全单向的;养蜂人与蜜蜂建立关系,并为它们创造了一个人工世界,蜜蜂却始终只和同伴打交道,活在自己的现实当中。假如养蜂人不走运,或是没什么本事,又或是他创造的幻想被打破了,那么蜜蜂就会成群结队地离开蜂巢,转而去其他地方建立新的社区。养蜂人的困扰在于,他们提供给蜜蜂的东西,蜜蜂自己就能得到,蜜蜂是完全自驱的昆虫,要它们一直待在养蜂人的盒子里,是没有保障的。当养蜂人抽出装满蜂蜜的盘子时,他就好像任何一个入侵者一般，等待他的就是被蜇的命运。为了做好这种形式特殊的畜牧业，养蜂人培养出了一种特殊的敏感性，最大程度地接近了蜜蜂的现实生活。你会看见他们身穿白色套装，头戴白色帽子，脸上还戴着网格面罩，在户外的蜂巢旁小心翼翼地做着一些古里古怪的动作，而蜜蜂则缓缓地跳着奇特的舞蹈，向人类展示着它最温顺，或许也是它最美丽的一面。

血液

人体内部的大部分区域，包括器官和柔软的内腔，颜色都比较浅。有些地方几乎是无色的，比如脑灰质部分，还有一些地方的颜色则比较暗淡，模糊且浑浊。这是长在里面或下面的东西的典型特征，例如贝壳里的肉，泥土里的蚯蚓还有水下簇生的海藻。唯一的例外就是人体内的血液了。血液新鲜、强烈，那分明的红色看上去像是来自外部世界，比起肠壁暗淡的灰褐色，更接近草地明晃晃的绿色和天空的蓝色。我小时候认为人体就像是一种盛着血液的容器，也就是说，人体内部积聚着大量的血液。或许正是因为血液的颜色看上去比身体其他部分更具别样的尊严，导致其他部分看着有些低等，像是从属于血液的东西，就好像水桶的灰色明显要比牛奶的奶白色劣等一些，显然水桶是为牛奶服务的仆人。现在我知道了，血液仅占人体总容量相对较小的一部分，不会在体内大量聚集或流动，恰恰相反，血液的特点是分布在细小的通道中，这些通道像是一种纤维组织贯穿人的身体，各种营养物质和气体都是通过这些通道进行传输。除了大脑，血液和身体内的其他物质一样，本身并不知道自己在做些什么。它就这样持续不断地流动着，依靠跳动的心脏将其排到血管中，又通过毛细血管渗入肌肉。当我们看见血的时候，通常是因为外界有什么东西出错了：九月的一天夜晚，在一座又大又冷的建筑里，小刀在切洋葱的时候不小心割到了手指，旁边是一大堆土豆、胡萝卜和洋葱，红色的鲜血流了出来，一滴滴汇聚起来，滴落在水泥地上。小女孩爬上椅子，先是椅背朝后翻了过去，她的脸砸到地板上，口腔里全是血。八月一个湿热的夜晚，闪电在城市上空笼罩了好几个小时，轰隆隆的雷声一个接一个响起，两姐妹流鼻血了，她们当时正躺在高低床里睡觉，印着木乃伊图案的白色枕套和被套浸成了红色。

见血可能是微不足道的事，也可能让人感到不安，或是一场灾难。血液和死亡紧密联系在一起，这本可能让红色变成死亡的颜色。但事实并非如此，黑色才是死亡的颜色，它与黑夜和虚无紧密相连，而红色与此相反，是生命和爱的颜色。看着一个一脸迷茫的年轻人在与另一个年轻人四目相对的一瞬间，因为鲜血上涌而涨红了脸，没有什么比这模样更美了。

要说什么景象更美，一定是在很久以前的某一次战乱中，垂死的英雄用自己的鲜血，将蓝天下的绿草地染成了红色。在他的耳边，战斗的声音越来越微弱，在他的眼中，世界的颜色则变得越来越苍白，几分钟前还在颤抖的身体终于平静了下来，皮肤惨白如雪。

闪电

在广阔的田野上，一群奶牛正在吃草，下雨时，其中五头走散了，它们站在一棵大树下。闪电击中了树，那几头牛倒地而亡。我曾在报纸上看过它们的照片，出于某种原因，我对此印象极为深刻，五头牛的巨大尸体躺在一棵树周围的地面上，这景象至今我还记得。（也可能我没有看过这样一张照片，只是看了一下新闻，然后把它变成了记忆中的画面。）每年都有人因雷击而丧生，但这五头牛的尸体我记得很清楚，也许是因为它们不知道在雷雨天站在树下有什么危险，也不知道偶尔在天空中闪现的光到底是什么东西，也没有将这些闪光与紧随其后的滚滚雷声联系到一起。闪电的运动是机械的，强烈的光和热突然沿着空中的轨道俯冲下来，释放一股猛烈的力量。当我们看到有人被闪电击中时，我们常认为这个人遭遇了最大的不幸，把这种事放到人类的视野中去审视。但动物的无知使得雷击成了一个开放性事件，并将一切联系起来：绿草如茵的地面，灰色天空掉落的雨水，站在老橡树下的奶牛，响彻天空的雷鸣声，释放的电流从天而降，穿过树木，直达地面，又向上窜到奶牛体内，致其心脏骤停。闪电劈下来时先是发出一声巨响，然后是一片寂静。雨水继续落在死去的动物身上。昨晚外面电闪雷鸣时，我所想到的就是这些。我们一开始坐在客厅里，偶尔数一下从电闪到雷声响起的时间，一秒又一秒。闪电距离我们好几公里远。屋外的雨滴重重地落在地上，又再次弹起。孩子们刷完牙躺在床上，我们给他们读睡前故事。灯灭了，我躺在卧室的床上，用手机看新闻。屋外的天空划过一道闪电，几秒钟后的雷声震耳欲聋，听起来仿佛天空都裂开了。又过了几秒钟，传来了一声巨响，好像爆炸一般。整栋房子似乎都在摇晃。我跳下床，站在窗前。闪电肯定就劈在屋外的某个地方。但是没有房屋或树木着火。是劈在马路上了吗？孩子们走了进来，他们很害怕。大家一起站在窗前，望着外面空旷的道路和倾盆大雨。我发着抖，但主要是因为开心极了。

他们问会不会有危险，我说不会，附近有很多东西比我们的屋顶高。过了一会儿，他们回去睡觉了。在我入睡之前，我脑子里想的都是那声巨响，想着它的声音怎么会那么大，简直不可思议。在马尔默的一个夜晚，我们站在露台上，眺望整座城市，闪电将沉重的黑色夜空一次次照亮，似乎永无止境，那晚的天空可能是我所见过的最美丽的天空。我发现几乎没有什么东西比闪电的景色更美，而雷声又总感觉增添了一份生活的意味。水、空气、雨水和云层也一直存在，但它们是生活中不可或缺的一部分，以致它们的出现从未让我有过任何想法或感觉，不像闪电和雷声那样，只是偶尔昙花一现，在这短暂的一瞬间里，我们对它们既熟悉又陌生，就像我们对自己、对我们所处的世界既熟悉又陌生一样。

口香糖

　　口香糖通常有两种样子，一种是小小的长方形枕头状，另一种是扁平的细长条切片。小块枕头状的那种有一层又硬又滑的外壳，像搪瓷一样，被牙齿咬破时会发出清脆的嘎吱声，里面是柔软的夹心，一被牙齿碰到，就会释放出浓郁的味道，这有点像医用安瓿的使用原理。一旦开始咀嚼，这两种不同物质的性质就会迅速发生改变；在最初的几秒钟里，口香糖会变成一团粥状物，随后才会出现我们印象中口香糖的感觉，坚韧、光滑、富有弹性。另一种样子的口香糖是扁平的细长条切片，看起来像新鲜的意大利面，质地与枕头款的口香糖完全不同，因为没有外壳，所以嚼起来更柔软，而且也没有什么夹心。咀嚼后的变化似乎跳过了安瓿阶段，即味道爆发出来的阶段，也跳过了粥状物阶段，直接进入了口香糖的真实状态。

从纯粹的生理角度来看，光咀嚼食物而不吞咽是没有意义的。抽烟也是如此，但是在吸烟的过程中，烟草会释放刺激性和成瘾性的物质，成年人之所以沉迷于此也就解释得通了。口香糖不会产生这种效果，它也许最接近小孩吸的奶嘴，被激活的吸吮反射首先会欺骗身体，让它相信自己正在摄取食物，然后占据主导地位，让吮吸这个动作获得了内在价值。以此来看，嚼口香糖显然具有婴儿的特质。我自己就在口香糖上花了很多时间，却没有注意到这一点，直到上周我开车去几十公里外的一个小渔村，去拜访一位每年在这里住几个月的德国文化编辑。无论写作还是开车，我总是爱嚼口香糖，不是只嚼一两块枕头状的那种，而是一次嚼一整包。当我把车停在他所住的那栋船长旧屋外面时，我的嘴里有一大团黏糊糊的口香糖。我按了按门铃，随后他走出来给我开门，直到这时，我才意识到自己嘴巴里有口香糖。他带我参观房子时，我只好把口香糖藏在口腔的角落里，聚精会神，强忍着咀嚼的冲动。房子非常漂亮，现代主义的装修风格，没有任何瑕疵。我一直在寻找可以扔口香糖的地方，但却一无所获。转完房子我们找地方坐下，他给我泡了杯咖

九月 / 口香糖

啡,我谨慎地把口香糖拿出来,藏在手掌里,用食指和大拇指捏住薄薄的旧咖啡杯的手柄,其他三根手指则弯起来包住口香糖。我们谈起文学,他还讲述了目前正在写的两本书。这会儿,口香糖不再只是轻轻地沾在皮肤上,没有了唾液的保护层,便牢牢地粘在了我的手里。我以为他可能会在我要离开时和我握手,只好鼓起了勇气。"你有什么地方可以扔这个吗?"最后我还是选择开了口。"口香糖?"他问道。我至今仍然可以回想起他说完话下一秒钟的表情和态度,有些惊讶,有些不悦,甚至还有些鄙视。"口香糖?"他说。一转眼的工夫,口香糖已成为世界上最顺理成章的东西。他撕下一张纸递给我,说:"书桌旁边有一个废纸篓。"似乎除了口香糖这件事,几乎所有其他错误都可以被谅解,因为在那里我是一名作家,也是一名艺术家,也就是说,我可以割掉耳朵,可以满口脏话,可以喝得酩酊大醉,甚至可以在他的浴室里注射一针海洛因。因为如果滥用药物是愚蠢和幼稚的行为,它同时也是伟大的,至少对于艺术家来说如此,毕竟艺术家们的思想从不安于循规蹈矩。只有在我们七八岁时,才会咀嚼过量的口香糖,那时张着嘴咀嚼一小块口香糖很酷,而嘴里塞满口香糖则会令人刮目相看。我记得我以前常常省着吃。当时的一颗口香糖可以放好几个礼拜。味道会在几个小时后消失,但口香糖本身却不会。但现在情况不同往常了。由于现在所有的食品都不添加糖,口香糖的味道几分钟后就淡去了,嚼起来很松弛,感觉像颗粒,完全失去了丝滑的口感。但有一款口香糖例外:缤纷水果口香糖。无论在沃尔达还是卑尔根,在斯德哥尔摩还是马尔默,只要是我居住和写作过的所有地方,我都很清楚哪些商店出售缤纷水果口香糖。这款口香糖在市面上越来越少,害得我只能囤货。我的书桌上始终堆满了嚼过的口香糖,灰色外形,呈半球状,上面有许多细小的凹痕,就像萎缩的大脑。我不嚼口香糖就没法写作,直到它们慢慢变成颗粒状,我才会从嘴里吐掉。幸运的是,作为一个爱嚼口香糖的人,我并不孤单,在这件微不足道的小事里,我根本不值一提。我每次去城里的时候,就会记起这一点。在大型集会场所外,人行道和广场上总会布满白色的斑点,像夜空中随机分布的星星。黑暗中,在路灯的照耀下,这些斑点在黑色的沥青上泛着微弱的光,看起来就好像那片星空一般。

石灰

今天外面雾蒙蒙的。往常透明且不可阻挡的轻薄空气因湿气而变得模糊。一切都闪闪发光、安安静静的,当我准备开车送孩子们上学时,家里的白色小轿车在鹅卵石上发光。雾太浓了,连路上经过的田野都看不见,仿佛在海洋里穿行。我觉得,只要天气发生一点点小小的改变,这其中的逻辑也会出现变化。雾气降低了可见度,空间里产生了另一种动态。突然间,那些离我们很近的小东西变得异常鲜明。清澈的雨水滴在鹅卵石上,落在车辙里。过去我从未注意到的黑色汽车天线,还有半掩在红色外墙的攀援植物下,闪着光的电力箱。它们如同出现在梦中的事物,梦境的逻辑与真实世界不一样。就连声音的动态也有所不同,踩在碎石子上时,我们的脚步声仿佛孤零零的,没有任何背景声,而当我压下车门把手时，那咔哒一声听起来又像是微型的爆破。

现在已经是傍晚了，雾气也已经散去。外面刮着风，从东面的海上飘来的风，裹挟着雨水，打在屋顶上噼啪作响。仿佛有一面墙打开了：在漫长而绚丽的夏日过后，一切事物都开始朝秋天迁移。叶子从树上掉落，树木的颜色从绿色变为黄色和棕色，空气里散发着泥土的气息。这感觉真不错。像我明天要做的抹石灰这件事，也有一些好处——就像点壁炉、烧木柴，还有我几周前的粉刷外墙，都是有益处的事。

好在哪里？

我不知道。当我在干活时，我没觉着有任何好处，只想赶快结束。因此，一定是想到了工作，想起了干活时付出的体力和使用的材料，才让我感到快乐。木材会吸收涂在上面的油漆，此后便可以经受多年的风霜雨雪。颜色由取自法伦地区附近矿山的材料制成，这些材料能让油漆干燥得像金属一般，如果用手抚摸木墙，油漆就会剥落。在想到啤酒时，我也有相同的感觉。啤酒的酿造方式一成不变，无非是由水、麦芽和啤酒花酿成的。还有面包，尤其是我自己烤面包时，也有这样的感受：首先将面粉、水、盐和酵母一起揉成面团,一开始会有些黏,随后变得粘手,揉完以后,面团刚好不再粘在皮肤上时,将其抬起,分成一个个面包,然后放入烤箱,面包会在里面形成一层坚硬、略带烧焦的外壳,但内部却柔软而干燥。这种工作既简单又基础,古老而又充满确定性:这种事人类已经做了上千年。但事实上,整个现实之于我仍然是陌生的事情,只是每次我接触到这件事,我都很欣喜。我喜欢身处在这个世界里并融入其中的感觉。当你触碰到任何事物时,你会有感觉。不只是单纯地看见,也不只是思想,而是真切地拿到这样东西。

因此,我很期待明天抹石灰的活儿,将墙壁彻底浸透,然后涂上薄薄的一层石灰,以便让墙体吸收,在水、雨水和软石灰混合物淌得到处都是时,感受失控的感觉,在刷了十遍后,墙体终于能闪出白色的光,变成恰如其分的灰色。甚至产生更美的颜色,灰绿相间,就像去年秋天花园尽头的那面墙壁。从遗忘的记忆中冒出来,重新维护自己的权利的,并不只有墙壁,还有整个花园,它突然再次出现在眼前,仿佛把一个旧的概念置入一个新的情境,它曾经代表的所有事物,再次渗入我们关于世界的思绪中。

蝰 蛇

蝰蛇没有听觉,光凭这点它们的世界就与我们的不同。它们可以感知到地面的振动,这其实是一种原始的听觉形式,但是如果想象它们的生活,想象它们是如何在森林的地面上蜿蜒前行,那么最先想到的一定是它们听不见任何声音。什么声音都没有。没有鸟鸣,没有海鸥的叫喊声,没有风穿过落叶乔木时此起彼伏的沙沙声,也没有流水的涓涓声。蝰蛇并不只是听不到,而是不知道声音的存在。实际上,对蝰蛇来说,暴雨天风拂过森林时,四周是万籁俱寂的,当鸟儿抬起头面向天空张开嘴时,也没有任何声响。它的视力也不怎么好,扁扁的小脑袋一直都贴着地面,所以一直以来,略带红色的眼睛只能见到草、石楠花、山地、落满针叶的土壤和裸露的根,但这些东西它不会注意,因为吸引

九月 / 蝰蛇

它的只有动作和气味。它的舌头始终伸在脑袋前面,捕捉香气,然后读取香气并赋予其意义,因为假如有动物恰巧经过,那这个动物就会留下气味的痕迹,蝰蛇就可以根据气味跟踪。蝰蛇的世界是安静的,杂草丛生,充满了震颤和气味。它总是能辨别附近是否有别的蝰蛇。在冬季,它们会寻找同伴,上百条蝰蛇会一起躺在土洞或岩石堆中冬眠,数月不动。当春天来临,它们的身体还较为冰冷,因此行动非常缓慢无力。没有食物也没有水,如同死去一般僵卧,然后在冰冷的躯体中醒来,再逐渐变暖,但也不会有多暖,最多只是够它们醒来,感觉自己还活着,慢慢爬出坑洞,这其中的滋味难以名状。但它们知道什么是温暖,知道怎么搜寻温暖。缓缓地,蝰蛇蜿蜒而行,穿过安静的低矮的世界,向着朝南的裸露斜坡,太阳可以让它们暖和起来的地方。假如有人在树林里踩踏而过,相当于在人类世界里有人在附近咆哮,那蝰蛇就会躲起来,然后一动不动地躺着。每一下脚步的震动都会蔓延至它的身体。四月,天气晴好,空气却还有些冷飕飕的。蝰蛇蜿蜒前行,从低矮的树林里钻出来,爬到卵石滩的上层部分,距离大海大约数百米的地方,在一块巨大而光亮的岩石上躺下来。此时有一位男子和一名小男孩走了过来，因为石头的关系，蝰蛇没注意到他俩。男子停下脚步，给男孩指了指蝰蛇，弯腰捡起一块石头，砸到了身体正中。蝰蛇爬过卵石，可又有一块石头击中它了，一块接着一块。它蜷缩起来，渐渐埋到了石头下面。但石头之间有缝隙，它可以从缝里绕出去。它刚探出脑袋，那位男子就站在离它一米远的地方，一块石头砸中了它扁平的脑袋，把它砸碎了。

这件事已经过去四十年了。我仍然希望那个男子没有做过这件事，我至今也不明白他为什么要这么做，但他仿佛非常憎恨这条蛇，比任何东西都要憎恨。我过去从未见过他这样，后来也再未见过这样的他。

嘴 巴

嘴巴是人体五个开口向外的器官之一，因此也是身体和外界进行交流的地方。嘴巴的外部由嘴唇组成，像两个又长又窄的盖子，一上一下水平地互相挨着，位于头部的正面，脸部的最下面，鼻子的下方。这两个盖子和身体的所有其他可见部位都不一样，它们红扑扑的，与脸部其他部位或白或黄或棕或黑的皮肤截然不同，质地还有些湿润。嘴唇的湿度和颜色倒是符合人体内部的特征。这是因为嘴唇既属于人体内部也属于外部：它们是内外的交界口。这种模棱两可的区域，既不是这样也不是那样，只要是内外交接、干燥和湿润交汇的地方，就会出现。人体上符合此类特质的还有直肠开口，像嘴唇一样湿润，颜色是略微泛红的浅褐色，质地有些黏黏的，和周围的皮肤都不尽相同。在自然界中，水陆交汇的地方亦是如此，比如海滩、河岸以及河口地区，那儿的土地是湿的，但不包括河床，也不包括草地或田野，而是介于两者之间的某种东西。那儿的生命也具备同样的特征，类似鱼的动物既可以在水下也可以在水上自如地穿梭。嘴唇和直肠是人体内外的交界口，但后者是一条排泄管道，被肌肉所封闭，通过内部挤压才能打开；而嘴唇恰恰相反，它们挡着外界物质进入人体的入口。在嘴唇后面，坚固的牙齿像栅栏一样紧密地站成一排，栅栏后方开着一个洞穴，那就是口腔。口腔壁叫作上下颚，上面附着一层始终湿润的淡红色黏膜，摆放在口腔中间的是舌头，一大块软体动物般的肌肉，也呈淡红色，但和硬邦邦的上下颚不同，它很柔软，比嘴唇还要柔软，却不如嘴唇那般光滑，而是有些毛糙。当嘴巴紧闭时，嘴唇和牙齿贴合在一起，舌头几乎填满了整个口腔。舌头连着口腔底部，就像贻贝里的肉连在壳上面那样。喉咙就在舌根上方，那是一条径直通往身体深处的通道。通道口的顶部，悬挂着悬雍垂，一个类似钟乳石的软塞，在这后面还有一条狭窄的通道，通向鼻子，又通过两个鼻孔与外界直接相连。与嘴巴和直肠不同，鼻孔是一直敞开着的。

九月 / 嘴 巴

口腔是味觉的所在地，东西好吃难吃，是酸是甜，是苦是咸都由它决定。也是在口腔里，舌头将小块的食物推到牙齿底下，又经过牙齿的咀嚼，食物才被磨碎下肚，这便是消化过程的第一步，目的是将外界的这么一大块食物转化为内在的东西。这项工作会产生很多乐趣，例如当多汁的生菜叶子碰到舌头时，口腔顿时充满淡淡的酸味；当牙齿咬破新鲜润脆的叶子表层时，又会产生一种美味且松脆的口感。其他类型的嘴巴，例如小兔子或豚鼠的嘴巴，在这场饕餮的狂欢中，我们没有理由认为它们所获得的乐趣会比我们少。所有动物都有嘴巴，与眼睛耳朵不同，动物若是没有嘴巴，简直让人难以置信。光这个简单的事实，就足以让我们认可亚里士多德的观点，即一切生物皆有灵魂，或许还应该补充一句，所有生物都有快乐的感觉。或者说，在动物张开嘴巴，将外界的东西吞入口腔并碾碎下肚时，各种细微的味道在脑袋里横冲直撞，饥饿的烦恼慢慢消失，所有生物在这一刻都会感到愉悦，或者至少会得到一种满足感。

银版摄影术

摄影与现代性、与某种机械的东西有关,也是我们技术时代的一部分,是让我们的文化较过去有所不同的东西。但至少自中世纪以来,就有人明白摄影的原理,即某些物质对光敏感,光可以在上面留下印记,托马斯·阿奎那的老师阿尔伯图斯·马格努斯就是其中一位。他是一名神学家,也是哲学家,死后被追封为圣徒,因炼金术士的身份而享有声誉。他和其他一些中世纪和文艺复兴时期的亚里士多德派学者应该曾经站在书房里,周围摆放着各种液体和物质,用硝酸银、汞、铜和玻璃做了实验。突然有一天成功地将光线集中在一个底板上,这样房间里就变得暗沉了,想到这件事就让人饶有兴致。从技术上讲,这并非不可能,因为当时所需的所有物质和材料都像现在一样一个不少。但这些东西竟然能够用来重现这个世界,这一点远远超出了他们的认知范围,与他们的世界观、人生观相去甚远,因此他们无法想象世界能够被复现。然而,某种程度上,摄影正是起源于此,不是因为意识到硝酸银可以感光,而是因为人类的思想慢慢转向了自然哲学所代表的物质世界。在 19 世纪 20 年代,摄影不再是天方夜谭,越来越多的人开展了光敏感物质的实验,包括约瑟夫·尼普斯。他于 1826 年或 1827 年在勃艮第拍摄的照片,被认为是现存最古老的照片。其实那张照片是一块金属板,上面包含了一些或明或暗的色块,非常模糊,以至于要花一些时间才能看懂黑暗的部分是房屋的墙壁和天花板,明亮的部分是天空。尼普斯是从阁楼的窗户上拍摄这张照片的,固定在金属板上的正是那天他眼中的景色。那个年代的所有照片,都带有一些鬼影的特点,这不仅仅是因为照片中的景象雾蒙蒙的,模糊不清,里面的所有物质似乎都属于另一个维度,还因为这些照片没有刻画出人的模样。曝光的时间长达数小时,所以只有固定不动的物体才被捕捉下来。这些最古老的照片最不可思议的地方,或许就是它们与时间相关联的方式,似乎只有最永恒的物质才会显现,而人类却是如此稍纵即逝，如此短暂，留不下任何印记。那些对时间流逝的感知比人类更慢的生物，对它们而言，这就是世界的样子。这种外在的视角并不陌生，因为人们依然信仰神圣之物，包括上帝和他的使者，他们是亘古不变的，超脱于时间之外。在他们眼中，人类一定也是如此短暂和仓促的生物，没有办法附着在照片上。在尼普斯拍下窗外景色后的第十一年或十二年，第一张人像照由路易·达盖尔拍摄，时间是1838年的一个早晨，地点是俯瞰庙宇大街的一扇窗户。那张照片的曝光时间也很长，只有固定不动的东西才被拍摄进去。街道上洒满了阳光，一排排树木在人行道上投下阴影，从密密麻麻的烟囱和屋檐，到最近的白色公寓楼的窗栏，每个细节都很清晰。这是一张骇人的照片，因为在那个时间段，室外应该都是人、马和马车，但照片中只有两个人。刚好在靠近照片底部边缘的黄金比例处，有一条洒满阳光的人行道，上面站着一个人，他抬着一条腿。自从我第一眼看到这张照片，我一直觉得它是一张魔鬼之照。作为这条熙熙攘攘的大街上唯一一个看得清楚的人，他拥有某种恒久不变的特性，所以才会附着在达盖尔银版照片上。这个人的某些特质让我觉得，下一秒他就会转过身，抬头看向摄影师。但摄影师并没有注意图片显示的内容。路易·达盖尔只看到了一条繁忙的街道，或许根本没注意过这名男子，直到照片在数小时后显了影，才发现除了这名男子，其他人物都消失了。

致未出生女儿的一封信

9月29日

致未出生女儿的一封信

9月29日。一天又照常开始了，我先把你的哥哥姐姐喊起床，给他们做早餐，然后送他们上校车，之后工作了一会儿，然后驱车前往于斯塔德。今天我们要去助产士那儿。尽管我们已经完整经历了三次这场为期9个月的旅程，这样的拜访还是伴随着一丝庄严感。琳达坐在我旁边的副驾驶座上，肚子上系着安全带。考虑到你就躺在肚子里，我必须小心驾驶才行。助产士的办公室位于市中心外的一幢小楼，附近有好多购物中心。当我将车停在外面的大型停车场时，天空灰蒙蒙的，周围显得非常荒凉，但是轮到我们进入检查室时，什么都被抛到了脑后，因为我们要在那里见你。简短的交谈后，助产士让琳达躺在板凳上。我坐在她旁边。她拉起毛衣，露出肚子。助产士在上面放了一些透明凝胶，将一个小装置放在肚子上，房间另一侧的屏幕突然出现了你的轮廓，身体周围是深色液体和厚实的子宫壁。图像上布满了颗粒状的区域，看着很模糊，孩子的动作几乎就像是梦幻一般，像是从一个很遥远的地方，比如太空或是海洋深处发送来的照片。而且，尽管我心里清楚这就是肚子里的样子，但要将这图片和我们所在的这个普通房间，或是琳达微微鼓起的肚子联系起来还是非常困难。从某种意义上讲，之所以会感觉距离遥远，是因为在母亲充满液体的体腔内生长的小身体，仿佛在里面重复了人类发展的所有阶段。这种产前状态与远古时代相联系，与我们则隔着深渊，这种距离感并不是空间上的，而是时间上的。与此同时，现代技术将超声显像变成了可能。躺在画面中的人是你。正在缓缓活动四肢的也是你，而不是蜥蜴或者乌龟。我们看到了你的心脏，它快速地跳动着，长着应有的腔室。我们还看见了你的小脸，小鼻子，还有你的脑袋，小小的但是部件都齐全。还有脊椎、手、手指、小腿和大腿。你把腿蜷在胸前，一只手动个不停，仿佛漂浮着一般，一会儿张开，一会儿又合上。他们说，你很有可能是一个女孩儿。

致未出生女儿的一封信

那么就叫你安娜好了。

父母赐予孩子生命,孩子则回馈给父母希望。这像是一种交易。

听起来像是一种负担吗?

其实并不是这样。这种希望是无条件的。

我是一个多愁善感的人。要怎么描述如此渺小又如此伟大,如此简单又如此复杂,如此琐碎又……没错,如此神圣的一件事?

多愁善感是情感充沛的另一种说法。可情感是什么呢?当我们说感觉的时候,我们感受的到底是什么?当我们情绪过度,或肆意挥霍感情时,那就是多愁善感了。那么清醒是不是最多愁善感的一种?

这天夜里繁星璀璨。我刚刚去屋外的草坪上撒尿了,只有所有人都入睡,剩我独自一人时我才会这么做。今年夏天从五月到现在,日复一日,每天都是晴朗的天空,白天太阳当头,夜里有星星陪伴。没有什么比过完一个惬意的夏天更愉快了，那段日子给我留下了一种满足感，仿佛某样东西被填满了。但现在一切都掉了个头，村庄周围再也没有麦浪起伏的田野，那片高高的蓝天下显得难以名状的金黄色；从路边看，成熟的田野就像是一栋栋房屋之间的湖泊。前几个礼拜，收割机和拖拉机在田野上缓缓地来回滑动，如今只剩下了茬地，四处孤零零地堆着一排排高高的压缩稻草堆，波罗的海吹来的风越来越大，那稻草堆就像是矗立在风中的一堵堵高墙。

曾被填满的那些事物，如今正在被清空：空气中的热量，树上的果实和树叶，田野上的谷物。一切就发生在你于黑暗中静静生长的时候。

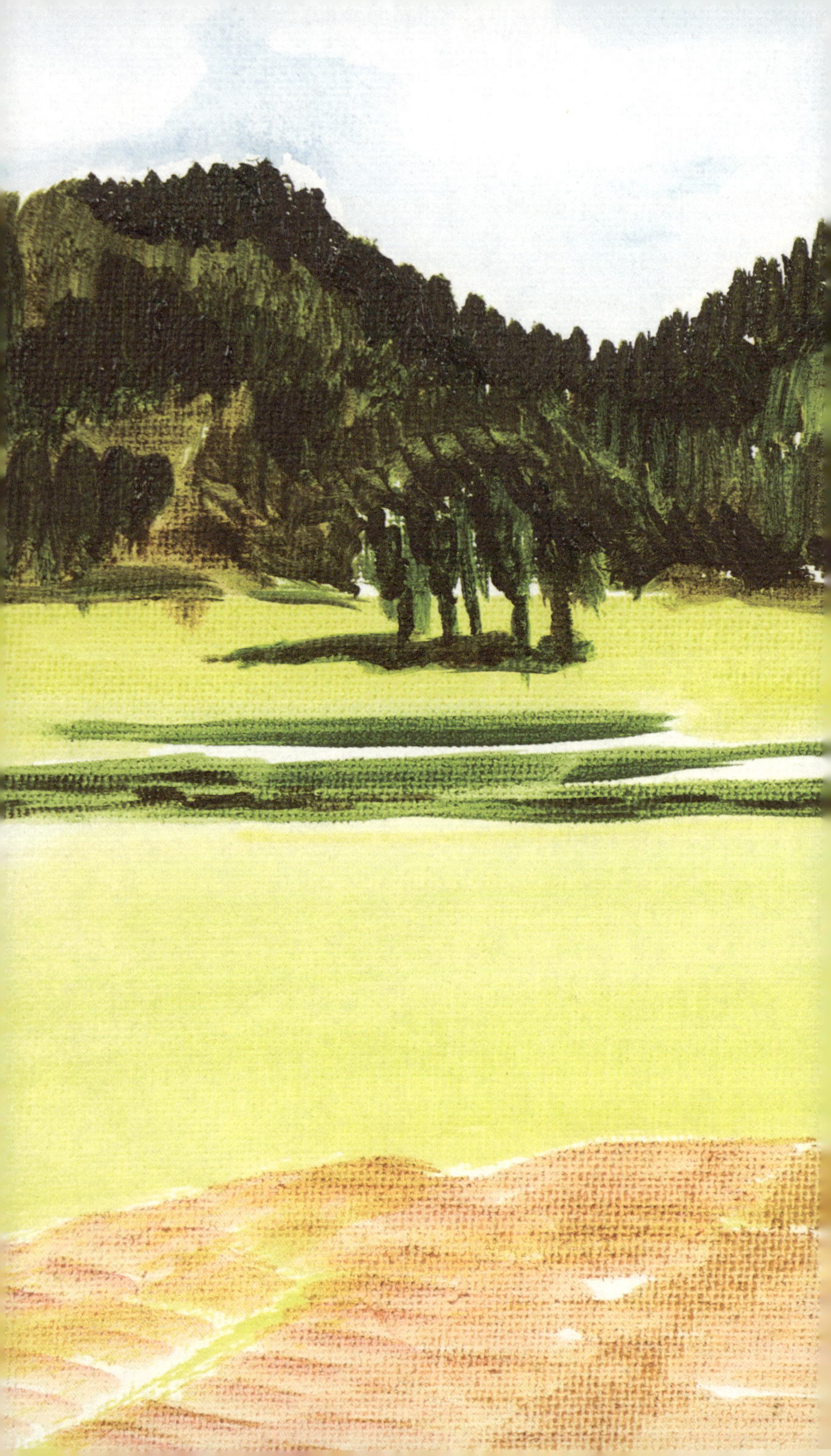

十月

发 烧

我发烧了。尽管我的身体要比正常高几度,但人却觉得冷。皮肤也比平常更敏感,所有的触感都让我觉得不舒服,即便是衣服的轻轻压力也不行。这使我清楚地认识到,原来平常的身体有多么契合这个世界,仿佛融化在其中,世界好像会传来某个特定的频率,而我们的身体恰巧就调节在这个频率上。在人体和世界的频率相同的地带里,任何事物的发生都没有阻力。身体被空气包裹着,周游整个世界,一路上碰到各种东西或事物的表面。尽管这些事物之间应该差异颇大,就像一只手握着的柔软湿布和另一手支撑着的坚硬浴缸边,但这两者都在我们接受的范围内,我们沉浸在世界是身体的延伸——这种从未用言语表达但却始终如一的感觉里,于是这两者对我们而言仿佛都不存在了。当你发烧时,你的敏感度会增加，身体仿佛从熟悉的世界里抽离出来，这个世界突然压迫着你，变得引人注目，并非直接散发敌意，而是一种陌生感。但发烧不仅仅建立起了与周围事物的横向联系，它还打开了一个垂直的中轴，切入到过去当中，因为发烧代表身体进入紧急状态，它还唤醒了身体过去的种种表现。因此发烧也总是伴随着某种好处。此刻，我是在瑞典南部格莱明格桥的一栋小屋子里写下这些的，面前是我的书桌，不论从哪个方面来看，这里都与我长大的地方相去甚远，现在的我也和从前截然不同。然而，奇怪的是，自从我几小时前起了床，那个世界就呈现在了我面前，新的记忆不断出现在我的意识当中。在发烧的过程中，时间的感觉也变了，忽然我发现自己在漆黑环绕的屋子里醒来，周围万籁俱寂，感觉自己仿佛被海浪冲刷到了夜晚的海滩上。但更重要的一点是，我受到了照顾，这就是发烧的好处。"感觉热不热？"刚问完，就有一只手伸向我的额头。"你发烧了！"伴随着发烧而来的是特权。我可以在床上吃东西，吃葡萄，看漫画。随着发烧而来的还有关注。总有人不停地问现在怎么样，问我什么感觉，不停地用手摸我的额头，轻抚我的头发。否则，根本没人会来碰我。在我们家，爱抚的行为很罕见，除非有人生病或是发烧了。我至今还记得那矛盾的感觉，对发烫的皮肤来说，抚摸的触感是多么难受，但对我而言，却是多么美好。

胶 靴

胶靴是根据脚型和小腿的上半部分制成的，看着像某种袖管，不穿的时候，胶靴就留在门厅的地板上，乍一看像是一只脚和一条小腿，仿佛膝盖下面截了肢。这和挂着的夹克衫以及衬衫有异曲同工之处，它们也都看着像是对应的身体部位。当我半夜或者清早走到门厅里的时候，好像全家人的印象都挂在钩子上，或是立在黑暗中的地板上，仿佛底片似的。这一刻我突然想到，假如他们在一场事故中去世了，只留下曾经穿过的衣物，那生活会变成什么模样呢。事实上，我的胶靴就是如此，这双鞋是我在父亲过世时继承来的。他的脚和小腿曾经占据的空间，如今就安放在门厅这儿靠墙的地板上。我想起父亲的次数其实并不多，但是每次把脚塞进这双十分合脚的靴子里时，我就会想起他，我会穿着

十月／胶靴

它们在花园里散步。在父亲所有的遗物中,我只拿了两样东西:一个是双筒望远镜,还有一个便是胶靴。为什么偏偏这两样,我自己也不明白。或许是因为这两样东西既中性又好用?打个比方,我是绝不可能穿着他的羊皮夹克走路的,因为这衣服离他太近了,简直就是父亲的典型形象。我不想要这衣服,也不可能穿它。但胶靴就不同,它并没有那么个性化,对每个人来说都一样。他挂在墙上的画,我也是没法带走的,这些画的风格很像他,因为是他选择的这些画,他喜欢欣赏它们,拥有它们。但双筒望远镜就没那么个性化,它就只是一副双筒望远镜罢了,它的功能就是放大远距离的东西,而胶靴的功能是将水隔离在外。因此,这两样东西是完美的。略微发硬的厚橡胶表面十分光滑,水沾不上去,一丝缝隙都无法钻入,水滴只能缓慢地滑向地面,或是在橡胶上形成一层难以察觉的湿润薄膜。胶靴的腿肚子部分收得很紧,这样靴子内侧的开口就被封住了。靴子完全进不了水,这会让人有巨大的喜悦感——设想一下,当你走在泥泞的田野上,虽然脚陷入了泥潭,却没有任何东西能钻进鞋子里,你会有什么样的感受?泥土只能在靴子周围打转,脚依旧干干的一尘不染——某种意义上如一种独立主权的宣示。穿着结实又防水的靴子走在沼泽里，或者蹚过小溪的时候，不正是这种独立感赐予了你快乐吗？无懈可击、受到保护、自成独立实体的快乐。啊，是呀，靴子自带的属性所赋予人的幸福恰恰就在于此。

水 母

我们仍然能够将人类与原始生物，如鲨鱼、鳄鱼和鸵鸟等联系到一起，因为它们有眼睛可以看，也有大脑，虽然很小，所以它们可以根据自身情绪，比如渴望或恐惧来采取行动。但水母不一样，它们太过原始，太过简单，我们找不到与它们的共同点。在它们身上找不到任何人类的生命特征。即使水母在六亿年前就来到了世界上，并且是最早从单细胞演变成多细胞的生物，它们也是和我们同时代的生物。我们所谓的生命，活着，也是它们所享有的一种恩典。外观上，水母看起来像铃铛，后面拖着长长的面纱。有些水母几乎是完全透明的，叫作玻璃水母。还有一些是橙色或蓝色的，叫作火水母。它们生活在海洋里，当它们漂浮在水中，身上仿佛有种奇特的、近乎庄重的尊严感。它们可以通过收缩或伸展身体来向前移动，就像缓慢抽动的肌肉一般。但在洋流中，它们的行动能力小到可以忽略不计，所以最终无法控制自己的去路。这些海洋中的铃铛既盲又哑，但并不麻木，因为它们虽然没有大脑，身体里却有神经纤维，它们也许感知不到我们概念中的饥饿和欲望，但会进食和繁殖。如果我们要思考生命的意义，那我们就绕不开水母或者蘑菇，因为这两者都是世界上最早的多细胞生物。它们为什么活着？它们的生命由何组成？或者最为重要的一点是：它具有什么价值？在我成长的过程中，我们曾经钓到过玻璃水母，并拿着它扔来扔去，好像雪球一般，它们握在手中刚刚好，砸到背部或是大腿上的时候，那感觉非常恶心。在海里游泳的时候，我们会时刻盯着有没有火水母，所有人都被长长的透明触手蜇过一两次，大家都记得这种灼痛，比被荨麻草扎了还要糟糕，或许是因为假如完全被触手缠住，所接触的面积就会比较大。从橙色的圆形身体到释放出的光线，火水母在水中看起来就像一个个小太阳。尽管水母要比我们知道的任何东西都特别，但这种特别从未让我们感到震惊。它们是世界的一部分，就像苔藓、海藻、青草或火焰一样。十一岁时，

十月／水母

我和父亲一起沿着居住的小岛外缘的峭壁散步,直到那时我才发现了水母的美妙之处。我们走到山的边缘,在大约七米深的水下,聚集了几百只火水母,它们在海里悠悠晃动,像残骸一样被海浪冲到了宇宙的这个角落。

战 争

我经常开车送孩子们到于斯塔德的学校上学,途中我们会经过一个几公里长的射击场。场地坐落在海边,包括海滩、田野和细长的绿色斜坡,这些斜坡向上延伸到悬崖边缘,从那里可以眺望各个方向。今天早晨,射击场上挂着国旗,这意味着有军队正在里面进行射击训练。即使住在五公里外,我们有时也能听见那儿的轰鸣声,那是一种梦幻般奇怪的声音,几乎有种催眠作用。俄罗斯正在升级军备,边界的活动不断增加,这导致近几十年来瑞典国防规模的缩小开始遭到议论。然而,在这美丽的景色中,战争的念头仍是遥不可及的,就像午后我在花园里耙落叶时,所听到的大炮声一样,既沉闷又震耳欲聋,如梦境一般。我不知道战争意味着什么,但我想我有时可以掌握其中的某些方面,例如几周前我在一篇文章中读到赛车运动的死亡事件。文章说第二次世界大战后的十年里，仍旧没有诞生任何安全文化，因为人们已经习惯了人会死的观念，他们认为死亡几乎是可以接受的。这个理论很合理，也很有可能，但仍旧令人震惊，因为我能够将此与当今的时代联系在一起，从而看到战争的后果之一。由于战争是一种紧急状态，是人类历史中一个被暴行和磨难所占领的地带，我们大多数人都是作为旁观者从外部观察战争，就像我们看小说里的暴行一样，它只触及到了我们理性的一面，使得我们或理解或谴责，抑或选择理解并接受。而战争的本质恰恰是要撕碎理性，破坏一切规则、法律和协议，摧毁所有既定的价值观，并以此方式触及我们内心深处的判断，这和我们是谁有关。我无法想象，有什么战争是和身份无关的。身份是如此基本的概念，它与情感和驱动力紧密相关，与理性的范围相去甚远，以至于既不能想象也无法忽视，因此战争所摧毁的，战争所带来的后果，除了身临其中的人，其他所有人都无法感同身受。

我住在瑞典，这里自17世纪，也就是蒙田、塞万提斯和莎士比亚的时代以来，就没有爆发过任何战争。这并不意味着战争是过去的现象，因为它一直存在于文化中。每天夜晚在电视上都能看见士兵的身影，每天的报纸里也会有战争的报道。我们邻居家有一个九岁的男孩，他总爱玩战争游戏。对他来说，所有的状况都可以转变为战局。他家里有许多玩具武器。剑、盾、弓、箭、弩、手枪、左轮手枪、步枪、机关枪，以及充满未来感的大型塑料武器。他与父亲一起观看了第二次世界大战的各种电影，有的是讲述太平洋战争的黑白长篇电影，日本飞机被美国军舰击落或是坠毁，潜艇用鱼雷击沉舰船；还有讲述欧洲内陆战争的电影，电影中的士兵在斯大林手下闪电般的攻势下，在雪地或是泥泞中匍匐前进。有一回我敲了敲他家的门，发现他正戴着头盔躺在地板上，手里拿着一把枪，为了配合他扮演一个受伤的士兵，父母二人正要用厕纸包扎他的"伤口"。

当然，我不知道他这么小的孩子为什么一直热衷于打仗。但这可能与一个事实有关，那就是战争游戏是他知道的唯一能释放攻击性的游戏。它不会克制这种攻击性，而是将其宣泄出来，这种宣泄并非是自由、不受控制的，也不会令人焦虑，而是沿着他世界中既定的轨道和通道。因为这就是战争的另一面：它简化了生活，设定好具体的目标，给所有人布置了特定的任务，并且是有明确解决方法的任务。战争不仅释放了人类潜伏的非理性力量，而且还释放了理性力量。战争既像箭头一般形式简单，又如被它所摧毁的生活一般复杂。简单而坚硬的战争游戏，帮助邻家男孩给复杂而柔软的日常生活安排秩序。今天放学回家时听到的轰鸣声，会使他充满喜悦，因为这声音承诺了某种更简单更坚硬的东西，我们所有人都曾感受过那种诱惑。

阴唇

阴唇是女性尿道和阴道口边缘相汇的两道细长褶皱，就像皮肤组成的帘子，盖住尿道和阴道口。阴唇总共有两对，大阴唇和小阴唇。婴儿的皮肤平坦且光滑，稍圆的一条缝出现在两片微微丰满、几乎呈枕头状的阴唇之间，它的形状和尺寸会让人联想起一个投币口，或是一张小嘴巴。当女婴躺在尿布台上时，她偶尔会把手伸进这条缝中，这时就能看见里侧的东西，略带红色，泛着潮湿的光泽。对父亲来说，只有在头几年才可以清洗女儿身体上的这个部位，至少我是这样的。等姑娘长大了以后，我会递给她们一块沾满肥皂泡的毛巾，让她们坐在浴缸里自己洗。这是因为近几十年来男性的目光变得可疑，由此带来的微弱但持续的罪恶感，已经完全渗透到了父亲和孩子之间的关系中，面对孩子的裸体，都要格外小心谨慎。没错,即使在写这篇文章的时候,罪恶感也会袭上心头,把阴唇比作投币口,难道不是物化女性,一点也不恰当吗?从根本上看,这难道不是仇女的行为?但人体终究只是人体,不管是在解剖学还是生物学意义上,它在世界上、在超声波检查中首次亮相时,就被叫作人体。在做超声波检查时,可以记下孩子手指脚趾的数量,测量腿的长度和颅骨的直径,检查心脏的功能,并且确定性别。人体的某些器官在以后的生活中会被藏起来,甚至不能提及或描述,否则就会让人感到羞耻,这也许是人类最显著的特征。羞耻就像一把锁,封闭了应该封闭的东西,是社交生活中最重要的机制之一。羞耻可以调节分歧,创造秘密,建立紧张关系。羞耻的反作用力和对立面是欲望,其本质是要抹除差异,揭开秘密,缓解紧张气氛。羞耻与欲望之间的主要冲突在于性。这两者最有趣的一点便是,它们都与虚构有关,从某种意义来说,它们都涉及另类的现实。羞耻依附于应有的现实,而不是真实的现实。另一方面,欲望却超越了物质现实,并按照自己的形象重塑现实,只要欲望持续存在,就会显得极为淫荡,一旦欲望消退,就会回归到更中立的形式。

对我来说，现实的三个层面都在阴唇这个女性生殖器中相遇，阴唇以前叫作"耻唇"。这些褶子，就像大象的皮肤一样皱巴巴的，但绝对比大象皮肤柔软许多。面对阴唇，我经常能感到一种狂野的念头。当我坐在桌前写下这篇文字时，那种行为其实对我来说相当陌生，也不是我渴望的画面，因为尿液、粪便以及输送它们的管道，都是我通常不会去想，也不愿去看的东西。我很高兴我从未从外部观察过那个情形下的自己，否则的话我看起来岂不是就像一只无法自控的动物？但在性交完成后，我们会平躺在床上，仰望着天花板或是和彼此对视，这感觉就像结束旅行回到家中。我们遮盖好身体，再次注视着彼此的面孔，那熟悉、令人安心的眼睛，灵魂的镜子，重拾彼此个性的闪光点，再一次将男女之间的结合视为神圣而崇高的东西。

床

凭借其四条腿和平坦且柔软的表面,床友好地满足了我们最基本的需求之一,那便是躺到床上,在上面睡一整晚的感觉真好。床在卧室中,卧室通常是别墅或公寓中最里面的房间,在两层楼的房屋中,卧室通常在顶层。这是因为我们从未像睡觉时那样脆弱,夜晚躺在床上时,我们毫无防备,不知道周围发生了什么。在睡觉时远离他人的视线,或藏起来不让其他动物和人类发现,是我们内心深处的一种本能。床也是我们寻求宁静的地方,因为大多数人独自一人在安静的环境中才能睡着。如此看来,床是一种藏身之地。但由于每个人都有自己的床,因此它与秘密无关,而是更带有一种自由选择权的属性。我们通常不会想到床、卧室以及睡眠在生命中占据多么夸张的比重,因为这些早已渗入我们终生的习惯，而且总是与自由选择相伴。但如果我们有机会看到像伦敦、纽约或东京这样的大城市里的所有人，在晚上回到自己床上，假设房子是由玻璃做的，所有房间都亮着灯，那这番景象将令人震惊。到处都是躺在茧里一动不动的人，一个房间接着一个房间，连绵数公里，有的与街道齐平，有的在道路两边和十字路口处，还有一些悬在空中，彼此被高地隔开，有些离地面二十米高，有些则是五十米，甚至一百米。我们会看到数以百万计的人，远离人群，一动不动地彻夜躺在床上，睡得天昏地暗。我们会看到睡眠与远古时代之间的惊人联系，这不仅能追溯到三十万年前出现在非洲大草原上的第一个人类，还可以追溯到四亿年前出现在陆地上的最初的生命形式。而床不再只是从家具店里买来放在卧室里的一件家具，而是所有人都拥有的一条小船，我们每天晚上都要登上这条船，让它载着我们度过一个个夜晚。

手 指

在我写这篇文章时,琳达和克里斯蒂娜正坐在外面喝咖啡,她们坐在草坪另一侧房屋墙边的桌子旁,大概离我十二米远。这天早晨有些凉,她们穿着厚厚的外套,只有脸和手露在外面。她们亲密地对视了一眼,然后微微一笑,下一秒她们转开视线,双手握住各自的咖啡杯,拿到嘴边,喝完之后再放回小小的铁艺桌上。克里斯蒂娜打着哈欠,琳达把手抬到脸的一侧,一边说话,一边遮挡低空阴冷的阳光。我不知道她在说些什么,但是我看得见她的嘴唇在动,然后克里斯蒂娜点了点头。她把手搁在两个膝盖上,手指分开,指缝间能看见蓝色的裤子面料。我和琳达已经在一起十一年了,认识克里斯蒂娜的时间也一样长。当我看着她们的时候,我的目光仿佛不断地从她们两个的身份——对我来说,她们是一个完整、不容置疑的实体（但并非一成不变），转移到各种细节上，例如脸部、眼睛、手和手指。在意识中，我一直没停止过分辨琳达和克里斯蒂娜的手指，它们仿佛有了转喻意义，在这一瞬间代表了整体。若非如此，每个人在我们眼里就像是各个身体部位、器官和动作组成的杂音，源源不断地产生各种情绪、话语和表情，在混乱中四处行走。我们用相似的方法来认识自己，在涉及我们是谁这个问题时，先是把自己看成相似的实体。但这之中也有很大的差异，因为我们赋予他人的实体不是外在的，而是内在的。因此，其他人也存在于我们的内心，与我们所认识的自己并排在一起。由于在思想和情感的世界中，诸如舱壁或是墙壁之类的东西无法被认知，所以要认为所有这些不同的实体——不仅仅是人类，还有树木、桌子、自行车、房屋、平原、湖泊、猫咪、杯子、电话和手电筒，等等——也是我们人格的一部分，是我们身份的一部分，不无道理。这些实体和身份之间的联系，对我而言，就像克里斯蒂娜的手指和克里斯蒂娜本人之间的联系一样。

但我自己的手指又是另外一回事了。当我看着自己的手指时，没办法将它们和我的身份联系起来。当我朝手心弯曲手指时，我发现四根手指好像外貌相似的四兄弟，它们抱在一起紧靠着父亲，也就是大拇指。大拇指始终和它们四个有些距离，它要更壮一些，胖乎乎的。手指的脸，也就是指甲，和窗户一样光滑，因此给你一种错觉，让你以为你能看穿它们，但实际上不能，灰白的颜色无法让你透视：它们看上去就像盲人一样。

我转了转手，然后伸出手指，这时它们看着就像蚯蚓或是小蛇一般，指甲就像它们的脑袋，面朝不同的方向。

孩子们还小的时候，我会经常用两根手指模仿双腿，作走路的姿势，走到他们面前停下，抬起一只脚，弯下腿作打招呼的样子，捏着嗓子和他们说你好。我把这个东西叫作手指人。这对他们而言有种魔力，一旦它们开始走路，手指和我的纽带就断了，手指在他们眼中成了一个独立的实体，一个能够在桌上行走，并停下来向他们问好的独立生物。他们喜欢手指人，看见它就笑，当手指人朝他们奔跑，跳过桌子与椅子之间的鸿沟，最后降落在他们的肚子上，一路小跑冲上他们的脖子，给他们挠痒痒时，他们会开心地大笑。

现在我偶尔把手指人变出来的时候，我的一个女儿就会感到不耐烦。她即将步入青春期，和那个年纪的孩子一样麻烦，一样脆弱。她一看见手指人站到桌子上，朝她走过去，就会说："别，爸爸。别这样。"倘若我没有停下来，她就会站起来，说："我不想看。"她会嘲笑我，因为她知道这样又傻又幼稚，可同时她也是真的感到了不安，她的眼神和声音表明了这一点。我想，这是因为她是谁这个问题，第一次出现在了她面前，随之而来的还有我们是谁，她的父母，她的家人究竟是什么样的人。手指人将我变为身体的一部分，而身体部位又转变成独立的生物。现实的真相有很多种，其中一种也许就是，它在本质上是不连贯的，就像一只瞎了的眼睛，超然而冷漠，因此手指人这个游戏便打开了一道深渊。其他孩子太小了，不会受到威胁，而我年纪又太大了。世界中间的这道鸿沟，只对介于孩童和成人之间的青少年开放。

树 叶

板栗树的叶子现在已经开始脱落，掉在地面的石路上，星星点点。柳树也失去了叶子，必须修剪一番，它长得太快了。苹果树的树冠也变稀疏了，但树上仍悬挂着苹果，看起来像是一个个小红灯笼挂在光秃秃的树枝之间。我今天吃了树上的一个苹果，很大，红色多于青色，果肉多汁，可能有点太酸了，也许应该再挂一周摘下会更美味。我穿过柔软的绿色草地，草叶子长得好高了，嘴里有些酸味，正想着不同品种的苹果有些什么口味，以及这些口味的年龄。这些品种是什么时候杂交出来的？十九世纪？还是二十世纪？世界上有些苹果的味道和两千年前一模一样。若是在自家种植的苹果上遇到有点奇怪又有点陌生的香气，我会感到快乐。我经常想起我的祖母，以前，每到秋天，我们就会在他们的花园里摘苹果，有时候可以摘一整箱，然后在地下室里放几周。没错，地下室里充满了苹果和李子的气味。她热衷于一切和植物以及花园有关的东西。她的儿子，也就是我的父亲，继承了这个兴趣。然而，想起他们时，我感觉自己并没有继承这一爱好，他们对我而言是陌生的。这让我感到很舒服，仿佛我开启了新篇章，开启了和过去完全不同的崭新生活，那就是我的家庭。我每天都觉得，重要的是当下，所有重要的事情都发生在现在，发生在这几年。从前的生活离我越来越远了。占据我生活的主角，已经不再是我的童年，我也不再对我的学习、我的青春年华感兴趣了。所有这些都已变得遥不可及。我甚至能够想象到，当现在所发生的一切都成为过去，当孩子们都长大离家后，一切会是什么模样。我会回想这些大事所发生的年代，回想我过去的生活。为什么拥有的时候我没有去珍惜呢？我能想象，到了那时，我就已经失去它了。只有流逝于指缝间的过去，只有没有语言没有思想的东西，才是切切实实存在着的。这就是亲密关系的代价，身在其中却不曾察觉。不知道它就在那儿，等到失去了，才会意识到。

十月 / 树 叶

　　橙黄色的树叶落在房子之间的石头上，柔软又光滑。下雨时，石头会变暗，等雨水干了，又会发出光泽。

瓶子

尽管瓶子的基本形状始终是相同的,即一个光滑的圆柱形瓶身配上逐渐变细的瓶颈,但瓶子外观却异常多样。从圆圆的短颈瓶到细细的长颈瓶,瓶子的种类无穷无尽。瓶子是用来储存液体的,通常是我们要喝的东西。那些我们不喝的,例如香水、汽油、油漆等,通常会存放在带塞小瓶、罐子或是箱子中。大多数情况下,瓶子的外形几乎完全让步于内容,我们看到、想到、联系到的全是瓶子里的内容,例如葡萄酒、啤酒、烈酒和汽水。瓶子本身几乎完全被忽视了,随目光而产生的想法也几乎从不在瓶子上逗留,这个事实让我感到震惊,因为决定我们对瓶子内容看法的始终是瓶子本身。几乎没有什么会比液体更加难以区分,也没有人能看出装在大桶或是大缸里的啤酒有何区别。只有装瓶后,啤酒才获得了身份，并在我们看见它时，成为我们想象中的啤酒；与此同时，传达了其身份的瓶子，其独特的外形和颜色，却消失了。对文学而言，这种现象反而是理想中的结果，形式应成为文章的一个特点，但它本身不应过于突出，形式所引发的情感和思想才是最重要的，而文章本身在读者眼中，应当如玻璃般冰冷透明。瓶子的另一个本质特征是，它们是批量生产的。它们大批大批地生产出来，从生产基地经销售点分散至家家户户中。瓶子太稀松平常了，难以想象没有瓶子的家庭。我小的时候，觉得瓶子像是一群兄弟，如果桌子上孤零零摆着一个瓶子，例如阿伦达尔酿酒厂的棕色大瓶子，上面贴着标志性的黄色标签，画着一艘扬帆起航的船，我就会觉得它可怜；反过来，假如桌子上还摆着两个或三个瓶子，高高兴兴的像是兄弟一般，或是在地下室里放着一整箱瓶子，仿佛一起睡觉似的，那我可就乐坏了。不过，即便瓶子长得一模一样，它们却具有不同的意义。酒瓶子若是放在家里的客厅桌上，就意味着喜悦，意味着爸爸要犒劳自己；但如果出了家门，握在年轻人手中的酒瓶就成了禁忌和邪恶的代名词，若是握在成年人手中，则等同于酗酒。酗酒很可怕，虽然我不太明白这是为什么，也许是因为它意味着尊严的严重丧失吧。在我成长期间，小区里只有一个酒鬼，住宅区尚未形成时，他就住在那儿的一栋房子里了，除此之外，我们对他一无所知。有一回，他正在推自行车上坡，车把上挂着两个白色的袋子，这时我受到朋友们的怂恿，冲到他旁边。我全速把塑料把手拧到一边，低头看看其中一个袋子。"里面全是啤酒！"我一边大叫，一边飞快地跑开了。"袋子里是啤酒！"其他人则大喊，"艾格是个酒鬼！"只见他重重地坐上自行车，继续前行，车把因为挂了袋子而左摇右晃。至今我仍然能够回想起对着其他人大叫时的感受，因为实际上袋子里的不是啤酒，而是面包和牛奶；当时我自信地认为真相根本无所谓，我可以撒谎，反正他只不过是个醉鬼罢了。

麦茬地

还有什么比转过城市的某个街角更令人兴奋呢？那儿有各种可能性等着我们。这是维托尔德·贡布罗维奇在他的日记里所发出的惊叹。我们不确定，或者一无所知的事物，不仅仅属于形而上学，不只关系到重大的问题，例如上帝是否存在，或者人死后会遭遇什么，还与最稀松平常的事物有关。贡布罗维奇没有子嗣，如果他有，这是否会影响他对世界的看法。世界怎么会被视为理所当然的，并不确定，但对我来说，在没有子女时和为人父后阅读贡布罗维奇的日记，是两回事，因为在养育孩子或是在和孩子共同生活的过程中，最重要的一件事就是要让他们觉得世界可以预知，有条不紊，且时刻能被认知。对孩子来说，最糟糕的就是不知道接下来会发生什么，没错，就是有种一切皆有可能发生的感觉。因此，当戴着面具的圣诞老人在平安夜走进家里时，孩子会哭。我们内心深处有种对未知，或是对不可预知之物的恐惧感，这自然是因为未知的事物曾经能够威胁生命。为了消除未知带来的这种恐惧感，人们做了许多基础工作。婴儿会被重复的动作安抚，十二岁的孩子在外界不受控制时，会依赖于不变的事物。所以当我这个四十六岁的成年人转过某个街角时，我对一切会如预期那般深信不疑，于是这便成了现实的本质，而非纯粹的想象。

奥拉夫·豪格写道，平凡的生活也可以过，这句话想表达的一定就是我说的这个意思。但他是出于无奈才这么想的，因为对他来说，幻想与疯狂相联系，其后果就是限制行动的紧身衣、药物治疗和精神病院里平淡无奇的生活，有时候要在那里逗留数年之久。即便如此，幻想的价值仍是巨大的，因为它不仅令人感觉，还让人确信存在另一个层次的现实，会给生活带来截然不同的刺激。

对我而言，这是宗教狂喜的一种形式，只停留在理论上。我读过豪格早期写的诗句，觉得它们就是克制这种狂喜的体现，也是埋葬狂喜的一种方式，而其后期的诗歌，被其

十月／麦茬地

在日记中轻描淡写地称为"冷锻",却完全脱离了那种维度。是的,虽然在早期的诗歌中,他试图从自上而下的狂喜中抽离,但在后期的作品中却通过随手可得的一系列工具,如鸟与苹果、雪与斧头等,试图自下而上唤醒这种狂喜。尽管没有结果,这些事物和动物却永远保留在了具体的意象当中。当然和以前并不完全相同,因为在豪格的凝视和文字里,它们闪着微弱的光芒。

这就是我开车去接送孩子上学放学时的想法,沿路会经过坐落在田野中的浅棕色麦茬地,当秋日低矮的金黄色阳光洒在那上面时,它偶尔也会发出微弱的光。但通常来说,情况恰恰相反,麦茬地和秋日的所有风景一样,仿佛会吸收阳光,在暗淡的浅色天空下,显得苍白、潮湿。所有的风景会慢慢收拢,就像各种各样的事件朝同一个方向发展那般——风刮个不停,雨水从空中降落,汽车正朝山坡上驶去,左边是麦茬地,右边是土壤,天空呈灰蓝色,光线稀疏,海面被雾气所笼罩,驾驶员身子前倾,想透过雨水打湿的挡风玻璃,看得更清楚一些,一只猎鹰展开宽大的翅膀突然俯冲而过——但风景就是风景,驾驶员在几秒钟内体验到了令人眼花缭乱的生活强度，这不是因为某件事的展开，恰恰相反，是因为事物的聚拢，除此之外别无其他。随之而来的伤感，被憎恨崇高概念的贡布罗维奇于对微小事物的思考中所化解。

獾

獾拥有黑白相间的典型鼻子,与北欧其他动物全然不同,加上它宽阔、略微扁平的身体,你也许会以为它的模样十分引人注目,足以吸引人们讲述有关它的故事。你可能还会以为观赏獾是一件很有意义的事情。但事实并非如此。熊、狐狸和狼都在古代民间神话中占有一席之地,但獾却鲜少被提及。因此,它并没有像那些动物一样,被赋予人类的特质,它既不善良,也不狡猾、轻信、邪恶,而是具有一些模糊不清的含义。所以,獾到底是什么样的呢?从外观上,它长得有点像貂,冬季的时候会冬眠,这一点和熊一样。它是群居动物,大约十到十五只一起生活,多数情况下居住在茂密的森林中,通常在空旷的田野附近,夜晚会去那里觅食。獾和大地紧密相连,它会在地下开凿出洞穴系统,有的可以一代一代用上几百年，白天和整个冬季都在那里睡觉。它的很多食物也是在土壤中发现的，尤其喜欢吃蚯蚓。獾没有被纳入人类的文化，这让我们可以观察文化对其他动物造成的影响，比如那些我们可以通过某种方式接触到的动物，那些我们熟知的、经常出现在儿童故事里的动物。獾的生活与这些都不相干，仿佛被保护起来了一般，当它站在森林的边缘注视我们，而我们一无所知的时候，它的目光就和所有野生动物一样，保持着警惕，用一种我们不理解的方式记录、思考着什么东西，完完全全保卫着自身的权利。它的世界很低，譬如森林的地面，行走的时候，它宽阔的身躯几乎会从地上扫过去；还有土壤，它会把爪子和鼻子探进去，随后刨开一个通道，在冬天里睡上几个月。土里一定充满了暗黑的气味。我自己只见过几次獾，全都在同样的地方，那是我少年时期住的屋子外头，

靠近森林的边缘，可以俯瞰田野和河流，是獾理想的居住地形。那儿有茂密的混交林，难以穿越，大概离房子二十米远的地方，有一条小溪穿过森林，汇聚到下面的河里。我过去常常离开马路，沿着小溪往上走，那是一条捷

径。有一天晚上我正走在回家路上，夏天的天很亮，一只獾沿着路边慢悠悠地走了过来。我之前听说过獾能咬穿人的骨头，于是跳到路边的石块上，心扑通扑通的。它停下来盯着我看，明显在审时度势，看看能否从我身边过去。它觉得没法过去，便转过身，往后走了几步消失在河边。那年夏天，我在当地的一家广播电台工作，每天坐公交车往返市中心，所以每周我都会有几次在同一时间到达同一地方。假如那是同一只獾的话，这只獾显然也有固定的习惯，因为我见过它好几次。有时，我听到它过来时沙沙作响的声音，便跑到马路上，想跟上它一段距离，这样就不会把那只獾困在里面。但是它却没有看我，只是出现在路边，然后慢慢往前走。那种感觉，仿佛全世界只剩下我们俩。我希望它能过得安好。现在，当我沿着高速公路开车去马尔默的时候，看到一只鼻子黑白相间、长得挺漂亮的獾，血淋淋地躺在车道上一动不动，这时候我心中会充满无力又无望的愤懑，因为杀死它的就是我帮助维护的一种体系，这种体系对我好处很大，我不想放弃它。即便我放弃这种体系，不再开车出行，也不会改变任何事情，既不能阻止全球变暖,也不能将死在车道上的动物复活。这是一种原罪,它属于所有人,也只能由所有人协力清除。

婴 儿

把婴儿抱在身上是生活中最大的乐趣之一，也许是最最大的。这适用于刚出生的小婴儿，小到成年人的手掌几乎能完全覆盖在小小的身体上。它的目光仿佛游移不定，偶尔才会依附在周遭的事物上，会让人觉得存在于这个世界上，几乎只意味着被各种感觉所包围：婴儿几乎始终依偎着的温暖、柔软的身体，填满肚子的温牛奶，以及每隔几小时就会袭来的美妙的睡意。新生儿的存在，就是将自己和周遭的差异抹平，让一切变得温暖、亲密、柔软。温度骤降会在婴儿和现实世界之间拉开一道鸿沟，突如其来的声响或猝不及防的动作也是如此，会引得婴儿尖叫哭啼。

满足这些简单要求是一种乐趣，因为它们确实简单，只需要一个互动、一个节奏、一首歌即可，也因为它所需要的亲密感能满足一种愿望，几乎就像是一种欲望，去保护、给予和照料的欲望。对我这么一个成年男子而言，把孩子紧紧抱在身上，是我所知的唯一一种与性无关的生理上的亲近。它之于女性的感受，我并不清楚，但要说有差别，这绝对不是危言耸听。也许这就是为什么当男人和新生儿紧密地共同生活时，他要表现得非常男人，才能不让自己像一个女人。

当孩子慢慢发育，快长到一岁时，一切都会有所不同，只有将它紧紧抱在身上的乐趣丝毫未减。但抱它的次数没有以往频繁，因为这时候的要求和之前恰恰相反，孩子必须，也将要将自己暴露在自身与世界的鸿沟面前。它开始在地板上爬，会探索特定的站点：这儿的电线，那儿的鞋架，这儿的吸尘器，等等；它还会在进餐时寻求与家人的眼神接触，大家笑的时候它也跟着笑，大家挥手的时候，它也跟着挥手。它的眼神非常灵活，有时甚至有些精明，但多数时候是快乐的。围绕在婴儿身边的很多单词都早已被存储识别，但仍然没法说出来，就好像印在杂志上的字。即将开启的学步过程也是如此。先是抓住桌子腿，慢慢爬起来，然后是站立，再过不久，它将满怀害怕、紧张、喜悦与惊奇，迈出第一步。但它若是靠自己走进这个世界,过了足够长的时间,或许只要十分钟,又或许三十分钟,那么这个孩子又会重回到你的身边,回到成年人的身旁,你会抱起它,把它紧紧搂在怀里。当它将头靠向你的胸膛,做出一种全然信赖你的姿势,那一刹那你的心里会爆发出无比美妙的感觉,令人难以抗拒。这是为什么?我觉得,我们毫无防备面对着的并不是孩童的无助,直击心灵的并非这种无助感,而是它的纯真。因为你知道,这个世界将会给它带来多大的痛苦,你知道这个世界有多么复杂,未来的生活又是何其艰难,你知道未来的它在和错综复杂的社会环境互动时,会发展出一系列的防御机制、回避策略以及自我保护的方法,这就是一个完整的人生所蕴含的内容,有好有坏。所有这一切在婴儿的身上都不存在,它眼中闪耀着的是纯洁无瑕的喜悦,它倚着头的那位成年人,仍旧是它所拥有的最安全的地方。

汽车

长久以来，我都觉得我不是个适合开车的人，觉得我开不来车。我的长项是遣词造句、构建意向和思考抽象概念，所有涉及手脚并用、踏板和档位杆的东西，都超出了我的能力范围。过去有段时间，我反复做着同一个噩梦，那就是我开着一辆车，在马路上无证驾驶。这同我梦到自己杀人或是出轨时一样，醒来后都有一种焦虑感。我考驾照的时候已经三十九岁了，开车的头一年里，尤其是在高速公路上时，那感觉就像在犯罪的边缘。当我在星期天下午将车钥匙还给租赁公司时，我总会感到焦虑，就像我宿醉醒来后的感觉。一定是作为新教徒的反射弧被激活了，所有的自由都要付出代价，在我身上便体现为焦虑。我的新教思想继承自我母亲，对她而言，开车无可指摘，或许是因为这和她的职业道德有直接联系。在她工作的近五十年里,她几乎每天都要开车往返于公司和家庭之间,开得满头大汗。对我父亲而言,新教可能与母亲的高尚品格有着某种联系,他总是喜欢开快车,喜欢超车,从不惧怕冒险。我现在觉得,这在他的世界里,是一种尝试摆脱所有规则、所有禁令、所有职责和所有监护人义务的方式。在政治上他信仰自由主义,信仰个体自由,反对强权国家,但我母亲则支持强权国家,并关注弱势群体,强调团结。我是不是还需要补充一点,我母亲开车总是慢悠悠的,非常谨慎。我自个儿是在四年前买的第一辆车,一辆白色的大众迈特威,这车我现在仍在用。车身很大,分量也很重,引擎倒是挺小的,加速起来得花老长一段时间。但我还是挺喜欢这车的,它有七个座位,空间很大,第一年里我把车连碰带撞带剐蹭,总共三次,现在我已经学会怎么在狭小的空间里停好这车了。犯罪的焦虑感已经消失,现在我可以心安理得地开车了,或许是因为开车已不再和自由挂钩,取而代之的是习惯和便利。我开车挺快,但不算非常快,而且我也从来不冒险。我最喜欢做的是一边开车,一边和孩子们聊天。当我们驾车驶入开阔的地带时,我和孩子们之间会产生一个独立的空间，仿佛在车里的时候，孩子们的所思和所言之间的距离也被抹除了，他们能在车上同我聊任何事。当巨大的云团在一瞬间静止不动地挂在水平线上的蓝蓝天空，或当雨点打在挡风玻璃上，形成不规则的图案，下一秒又被雨刮器扫走时，我会有一种强烈的幸福感。当我在秋日的午后沿海边开入森林，行驶在树林间笔直的小道上，周围的树木已经掉光了叶子，伸着光秃秃的树枝，黄昏中迎面而来的汽车亮着车灯，带着昏暗的车窗和闪着光的车身从身边经过，一团古老的火在躯壳下燃烧着，这时候我的幸福感尤为强烈。

孤 独

一个人待着挺好的，关上门和其他人分开一会儿感觉也挺好的。但也不是一直如此。对小孩子来说，一个人待着就是一个错误，或是一种缺陷，常常让人感到痛苦。如果你儿时常常一个人，那是因为没有人想和你在一起，或者是因为身边没有人能陪着你。不论如何，如果没有人在你身边，这肯定是负面的事情。两三个一群是好事，孤孤单单一个人就不见得好了，这就是规则。不过尽管如此，我从来没想过父亲这么一个孤单的人，到底是怎么一回事。他好似一个具有主权的生物，有关他的一切都仿佛本该如此。我从未想过他的独处也可能是个错误或者缺陷，是让他痛苦的存在。他没有朋友，只有同事。大多数夜晚，他都独自待在地下室里，听音乐，或者集邮。他远离社交和亲密关系,从来不坐公交车,从来不去理发店剪头发,也从来不会像其他父母一样带着一车的孩子去看足球赛。当时我并没有注意到这些。只有在他去世后,我们找到他的日记本,我才看到了他生活中的这一面。他沉迷于孤独,也对孤独思考了许多。"我总是能够认出形单影只之人,"他在日记中写道,"他们的走路方式和其他人不同,仿佛他们身上没有任何喜悦或是热情,不论男女。"除此之外,他在日记里还有一句话:"我正在寻找孤独的反义词。我想要找个除了'爱'以外的词,'爱'这个词被用坏了,而且表达也不够充分。温柔,灵魂与心灵上的安宁,还是归属感?"其实"归属感"就是一个好词,它就是孤独的反义词。他怎么就没想到呢,这让我不明白。归属感是人的一生中诸多美好的感受之一,或许是最美好的。不过我经常和父亲做相同的事,也喜欢关上门独处。我知道我为何喜欢独处,独处很棒,能有几个小时完全脱离纷繁复杂的人际关系,远离大大小小的是是非非,抛开所有的要求和期待、欲望和意念,稍过片刻后,这一切都会紧密地交织在一起,行动和反思的空间会随之减少。假如人与人之间的一切互动都能发出声音，那组合起来就会像是一场大合唱，就连眼中最微弱的闪光也会发出十分嘈杂的声音。这一点他应该也是知晓的吧？或许他理解得比我深刻？毕竟他开始喝酒了，酒精可以让合唱的声音安静一些，和其他人在一起时，能够自动屏蔽周围人的声音。没错，肯定是这样的。因为父亲在这本日记的结尾处有一句话，这话是我永远都写不出来的。他写道："简而言之，我现在如此笨拙地想要表达的是，我自始至终就是一个孤独的人。"或者，我突然惊恐地想到，说不定情况恰恰相反？或许他根本听不到自己周围的合唱，也不知晓合唱的存在，因此他便不受束缚，而是永远像一个旁观者，看着其他所有人都被他不知道的某些东西所束缚着？

经 验

昨天我读到一本书，里面有句话引起了我的注意，因为这话实在太年轻了。作者以第一人称表达了一种焦虑，他发现最近自己的智力发育开始停滞。我在二十几岁的时候也有过同样的焦虑，这我记得。没错，其实情况比这更糟糕，因为假如你现在的智力发育停滞了，那起码曾经有过发展。我审视了一下我的智力缺陷，还有我思想上的停滞不前，这些都是基本不会改变的了，是我性格的一种特点。当我死活理解不了自己读的内容，例如茱莉亚·克里斯蒂娃的《诗歌语言的革命》，或是拉康的某本书时，我就会产生这种焦虑。在某种程度上，我是对的，这确实就是智力的缺陷，特定类型、特定难度的知识根本不适合我，我太笨了，而且情况不会有任何改变：今年春天，我晚上躺在床上读萨弗兰斯基写的一本有关海德格尔的书时，尽管我拼命去理解和思考，但就是看不懂里面有关哲学的阐释，也不理解它的含义。当我翻看海德格尔本人的作品时，情况就更糟了。我想海德格尔写的无非是有关人类的事情，而我自己也是一个人类，那他的这些想法和见解也应该适用于我，可这套逻辑无济于事：我还是看不懂。在我二十五岁时，确信自己智力不足是特别痛苦的一件事，假如我没法直接抛开这个念头，就会扭曲这一想法，骗自己说其实自己也未必不够聪明。在那个年龄，生活中的太多东西都汇集在了想要出人头地的欲望上，我的抱负很大，由于那是一种盲目的抱负，那生活自然也就是受限制的。但我觉得，人二十几岁的时候，他的生活就是要受限制。那个年纪所蕴藏的力量是巨大的，你可以放眼未来，目光专注于即将发生的事，在你周围的所有事物中，能给你创造未来的才是最重要的。与此同时，在你着眼于未来时，你的目光会不断遇到性格上的缺陷，不断感受到智力的停滞，这是一件残忍的事情，因此年轻人会惧怕自己智力停滞。人活到四十岁就会意识到，性格上的这些缺陷会延续一辈子，同时也会明白，不论你想或不想，不论你有没有意识到，你的性格上会源源不断覆上新的一面，这种知识和见解并非面向未来，面向即将发生或有朝一日将要完成的事情，而是面向此时此地，它就存在于你的日常中，存在于你对日常的思考和理解中。这就是经验。二十多岁时的能量已经消失了，意志也变得薄弱了，可生活却变得更加富足，并非质量上的富足，而是数量上的。当我在晚上翻看萨弗兰斯基写的海德格尔传记时，我对他的哲学理念一窍不通，但我却能理解他这个人，因为构成他生命的要素并不陌生，也不复杂，而是可以理解且有意义的。早晨的时候，家里的三个孩子要准备起床换衣服了，或许他们会洗个澡，然后吃点东西，他们的心情各不相同，所处的人生阶段也各不相同，他们要面对的问题各不相同，开心的原因各不相同。这时要让一切正常运转，其中所需的知识是任何一本书都不会写的，也是任何地方都读不到或学不到的，但所有家长都拥有这种知识。或许这种知识不足以让人称赞，因为它是理想抱负的对立面，既不集中也没有界限，面向的也不是未来的成就和辉煌，因此它几乎是完全看不见摸不着的东西。经验就是这样发挥作用的，它会沉淀在"我"的周围，当"我"逮住更多的机会,那要坚持自我就会越来越困难:那些最有智慧的人知道,"我"实际上什么也不是。

虱子

家里三小只的其中一位正坐在我身前,略弯着头看向桌子,餐厅天花板的吊灯灯光正好打在她的脑袋上。我正在用一把特制的梳子给她梳头发,梳齿是用金属做的,又长又密,这样头发里的所有小杂物都能梳出来。每次我用这把梳子梳她的头发时,我会对着桌上的白纸敲打梳齿,偶尔会有几个黑色的小点掉落在纸上。我们不太确定那是什么,但猜测是虱子卵。如果这些点大一些,我们会盯着它看一阵子,确认它是否会动。"哎呀!"她叫道。梳子卡在头发里了,我后退一步,想把它梳透。"抱歉,"我说,"但一定要这么梳。""我懂,"她回道,"但你没必要把我的头发扯下来吧?""不会的,"我一边说,一边把梳子对着桌面咚咚地敲。突然一只银色的小生物出现在纸上,好像一头雾水的模样。它在白得无情的白纸表面走了几步。"爸爸,是一只虱子。"她说。"我看见了。""弄死它。"她继续说。我将最外面的梳齿压在这个小动物身上,在白纸上用力挤压。给孩子梳完头发后,我们又找到了两只虱子,然后我们一起走进浴室里。她先脱下毛衣,随后我把一条毛巾搭在她肩膀上,将除虱喷剂喷在手心后,我便开始按摩她的头发和头皮。过了大约十五分钟,她低着头站在浴缸边上,我握着花洒往她的头上浇水,泛着白色泡沫的除虱喷剂缓缓航行在浴缸的小河里,慢慢流向下水口。在给另外两个孩子也重复完上述步骤后,我给自己也梳了梳头发。一只小小的昆虫竟能带来这么多麻烦,一只虱子实际上也就只有几毫米长,也不会造成什么重大伤害,顶多吸点血,然后生下几颗卵。过一个月它就死了,尸体风干后就会从头发里掉落出来,而它的子孙后代则会继续引得头皮微微发痒。一代人之前,这种瘙痒堪称惊天动地的大事:所有的床上用品都必须在九十度高温的热水里洗涤干净,所有梳子和发刷都要用热水煮过或是放在冰箱里,所有的帽子和围巾也需用同样的方式处理。身上有虱子是一件难为情的事,没有人愿意谈。这种耻辱是从过去,虱子代表着龌龊和贫穷的时候传下来的，而且和动物也具有某种关联：有些狗的皮毛上就长满了害虫，还有一刻不停抓耳挠腮的猴子。三年前，虱子头一回进了我们家时，我们不觉得有什么害臊的，因为我们都是现代人，知道虱子只不过是在学校和幼儿园里传播的东西罢了，不论头发是刚洗过还是没洗过都会有。我们从网上查到，虱子只有在直接接触其他人的头发时才会传染，所以也没必要把床上用品拿去煮或是冻。我们明白，这么做更多是一种象征性的行为，一种净化仪式。现在，那虱子仿佛定居了一般，每年秋季都会出现，逗留几周后被我们用除虱喷剂赶走。当我们坐在早餐桌边像猴子一样挠着头时，我觉得自己不再是什么现代人，反而有种古老的羞愧感，为我们是长虱子的一家人而感到羞愧。

梵 高

梵高不算是真正的画家。至少假如我们认为画家画起画来易如反掌的话，他算不上。我们认为一个画家很早就能展现出天赋，或许早在孩提时就能将身边的人和空间画得惟妙惟肖，而他接下来的人生轨迹虽然可能会有点争议，但对亲朋好友来说理所当然，会去上艺术学校，跟着某位艺术家修习素描和油画的课程。然而，不论是素描还是油画，对梵高而言都不容易，他周围的人也从未想过这孩子将来必是画家的苗子。直到 27 岁，梵高才开始他的创作之旅。在此之前，他做过艺术品经销商、书商、助教以及传教士。他有点神经质，内心有一团熊熊燃烧的火焰，在所有尝试过的工作中，他都找不到任何栖息之所。他头几年的画作非常平庸，毕竟没有什么技巧，形状不整齐，色调偏暗，他想要达到的整体效果非常普通。他并不是什么高瞻远瞩之人，尚未掌握把自己的远见卓识表现出来的技巧，他更像是在和色彩做斗争，为的只是想创造某种东西，某种起码能被称为画作的东西。对他而言，画肖像画、人体以及肢体表情尤其困难，在他整个短暂的艺术生涯期间都是如此。假如梵高生活在文艺复兴或是巴洛克时期，又或是在印象主义时期，那他的画作根本不会被当回事。他会是平平无奇的朋友的一位更平平无奇的朋友，目光灼灼，饮酒过度，无人欣赏。他身上的性格特质需要得到别人的原谅才能发挥作用，但又有谁会原谅一个差劲的画家呢？

文艺复兴、巴洛克和印象主义的画作所具备的特点是，它们抓住了临摹对象的本质，再现了某种客观存在，包括物品、人脸和树木，例如达·芬奇画的抱银鼠的女子，画中人和动物之间的交汇栩栩如生，即使在五百年之后都让人回味无穷。又或是印象派画家对光线的运用，将空间固定在某个特定的时刻，因而那不再是转瞬即逝的某个场景，也只有通过这种方式才能呈现。即便在梵高取得突破后，在他后期的大量标志性画作中，客观事物的这种光芒也是完全不存在的。他的风景画不能唤起任何真实风景所唤起的情感，仿佛他对这些风景毫无留恋，只是在离开人世的路上，对这个世界留下了最后一瞥。画里营造了一种轻盈感，奇妙且与众不同。和其他画家不一样，这种轻盈感不是通过技巧传达出来的，因为梵高输掉了与技巧的斗争，他的轻盈感具有不同的属性。通过放弃技巧，他获得了别的东西，他的画作有种漫不经心的感觉，使世界不受我们的想法所束缚，呈现在我们面前。梵高尝试过投身于这个世界，他失败了，他尝试过投身于绘画，也失败了。所以他超越了这两件事，投身于死亡，直到那时，世界和绘画对他来说才变为可能。因为这些画作中的所有能量，所有燥热的光线，还有那独特的穿透力，仿佛从天堂穿透尘世，并将其升华。这一切都是以他对人世的最后一瞥为前提的。

鸟类迁徙

秋日的一个午后，我把干净的餐具从洗碗机里取出来，一边煎着香肠，一边煮着通心粉。洗碗机清空后，我把端早餐的盘子放进去，接着把吃剩下的半碗燕麦片刮到垃圾桶里，这些燕麦片吸了好多牛奶，都快溶解了，还有一个刮得底朝天的鹅肝罐头也一起扔了。我把垃圾袋系好，从桶里拎出来，再调低炉子的温度，拿着袋子出门扔垃圾。外面下着雨，天空灰蒙蒙的，空气很宁静。突然我头顶的某个地方响起了嘎的一声，接着又响了一声，我抬起头，大约有十只大雁以人字形飞了过来。它们伸展着脖子，在天空中振翅翱翔，我能听见翅膀拍动的声音。等它们飞走后，我继续走到垃圾箱旁边，把垃圾袋扔了进去，然后在原地站了一会儿，眺望了一眼花园，里面的花草树木或金黄或浅绿，或是变成了棕色，所有植物都闪着水珠的光泽。如果我走到草坪上，我肯定我的鞋跟会踩穿草皮，陷入土壤里。

屋子里切成块的香肠因为热量的缘故，表面变成了棕黑色，尤其是边缘部分，不仅如此，它们还微微发胀，变得圆鼓鼓的。通心粉在冒泡的沸水里打转，也煮好了。我把它倒入水槽的漏勺里，然后晃了晃。在我心里，鸟类迁徙这件事仿佛拥有自己的生命。我没去想它，但它就在那儿，在我多愁善感的思绪中，偶尔会定格成画面。那些画面并不像照片那般清晰分明，因为外界的事物在我们心中并非一笔一画描绘出来的，而是像一条条被撕开的口子：一些黑色的树冠，天空，还有几双翅膀在空中拍打的声音。那声音唤起了某些情感。是什么样的情感呢？写这篇散文的时候我便思考着这个问题。我对它们了若指掌，但那只是单纯的情感罢了，并非明确的想法或概念。四十年里，每年秋天我都能听见几只大雁在约十五米高的空中挥动翅膀的声音，每年大约两到三回吧。

在我的童年里，世界一度是无边无际的。非洲、澳洲、亚洲和美洲，这些是地平线以外的地方，距离一切都那么遥远,那边有取之不竭的动物和自然储备资源。如果能够去那些地方旅游,那就同去我当时读过的许多本书中的某个地方旅游一样不可思议。我并不是突然茅塞顿开,而是渐渐地开始明白鸟类迁徙的含义。鸟类迁徙意味着它们凭借自己的力量飞过千山万水,意味着世界并不是无穷无尽,而是有界限的,不论是故乡或新家,它们去的从不是抽象的地方,而是具体的存在。

没错,当我把锅铲伸到香肠下面,把它们铲到绿色的盘子里,然后将通心粉倒入玻璃碗时,感受到的就是这些。世界是由物质组成的。我们总是身处某个有形的地方。而此时此刻,我在这里。

油轮

我所有的梦几乎都发生在我早就离开了的地方，仿佛我在那边落下了什么未竟之事。尤其是挪威最南部的小镇，阿伦达尔，我是在那个小镇的郊外长大的。离开那里已有三十多年，我的许多梦想都以它为背景。

如果看一下十九世纪末阿伦达尔的照片，港口密密麻麻的桅杆十分引人注目。阿伦达尔曾经是一个海运小镇，船东和水手都住在此地。尽管大部分的货船都是将内陆腹地森林的木材运往欧洲大陆和大不列颠，主要都是经北海航行，但那却是全球海运网络的一部分，这其中还包括遥远且具有异域风情的国度，例如中国和婆罗洲。十八世纪时，一艘奴隶船在阿伦达尔的海岸外沉没；十九世纪初，载着瓦格纳的另一艘船来此寻求避难，这件事记载在《飞翔的荷兰人》一书中；探险家南森第一次远征北极也是从阿伦达尔出发的。

我成长于二十世纪七十年代的阿伦达尔，那时候所有这些都已不复存在。港口再也没有桅杆，除了丹麦的渡轮以外，再也没有大型船只在加尔蒂松德海峡航行。阿伦达尔确有一所海员学校和一间船厂，船东和船长也仍旧住在那里，但航海文化却已经不再是这个城市的标志，它正在慢慢消失，或是变得私有化，成了休闲生活的一部分。这体现在夏季小镇外出海的无数条小船上，在阳光明媚的日子里，它们停满了整个群岛。

但后来发生了一些事。石油危机来了，那些名义上属于小镇的巨型油轮，其实际拥有者是当地的航运公司，原本常年在外出海，从未在小镇里出现过，如今再也接不到订单了。所有船都回家了。突然有一天，它们停在那儿，泊在西斯岛和特罗姆岛之间的海峡里，像庞然大物一般。它们高过房顶和山峰，到处可见，仿佛来自另一个时代。尽管它们由金属制造，是工业技术的产物，几代人之前还不曾存在，但它们看上去并非来自未来，而是过去。或许是因为它们虽然是工业产物，但同时又非常简单、原始，且体型庞大。在这个一切都变得越来越小的时代，它们肯定来自过去的深处，众神存在的地方。它们不属于这里，又比世界上任何事物都要美丽，在头几个星期，根本无法将视线从它们身上移开。它们静止不动地停在那里，仿佛将自己封闭起来，找不到入口可以进去，也没有东西可以将它们打开，总之它们拒绝一切事物。从最初看见它们到现在已有四十多年，它们仍然活在我的心中：昨天晚上我就梦见了它们。我梦见自己站在海员学校旁边，眺望着两座岛之间的海峡，那里就是油轮停靠的地方。下一秒我突然离它们很近。我目瞪口呆地看见船体在我眼前升起，好像大山一般，接着是粗如树干的船锚，悄无声息地消失在海底深处。梦境属于我们脑中一个古老的层次，组成了我们与动物共有的一种意识形态。梦醒之后，我觉得在它们眼中，我们的世界肯定是这个样子，动物就是那样看待我们的所有建筑，所有摩天大楼、桥梁和船只。因为在梦境中，油轮不具备任何意义，它们只是出现在那里，与此同时它们留给我的印象填满了我的整个身心。

土壤

下午接近傍晚,黑暗开始降临,我正在接孩子放学回家的路上,忽而望见田野远处的灯光,它们一点一点缓缓往前移动,原来是拖拉机。再往前,在平原的尽头处,道路转了九十度的弯,我们近距离经过了其中一辆拖拉机。它一动不动地站着,泛光灯打出的强烈灯光在黑暗中切开一个大洞。大地黑漆漆的,某几处地方发着微光,像铺了一层地板似的。我发觉自己一直都以为土壤是有生命的,这几个月里它都在冬眠,等到了春天便又苏醒,到那时它仿佛通过各种各样的表现方式升向天空:明黄色的油菜田,淡绿色的麦田——随着夏季到来变成米黄色,然后又逐渐变成米色,黄绿色的牧场,以及种植着洋葱、土豆、胡萝卜、甜菜的鲜绿色田野。经过巨大的努力,土壤再次寻求安息,任劳任怨地任由所有东西被收割、拔除，在丰收过后再次进行美妙的耕种，等待冬季来临，进入休眠。

但事实并非如此。土壤是死的，或者说，无生命之物，对于它的存在状态来说，这或许是个更准确的描述。不过，土壤虽然没有生命，却包含着生命，这点和大海很相似。大海也是没有生命的，却也包含着生命。但海水是由氢、氧两种元素组成的化合物，非常纯净，其他物质和矿物只会在海水中漂浮，而无法渗透其中，水除非变成别的东西，否则永远不会改变。但土壤不同，既不纯净，也非一成不变。土壤并非事物产生的结果，而是事物遗留下来的痕迹，它包含各种残留物，例如岩石遗留下来的沙，动植物遗留下来的有机物，包含被雨水冲刷或被风刮到那儿的矿物质，也包含气体和液体。水是透明、中性的；土壤却是黑色的，像黑夜，又像不存在之物。每年春天，生命都起源于土壤深处，身怀狂野之力，仿佛想要逃离它所扎根的死亡。这让我想到，在古老的诺斯替教派的信仰中，大地和大地上的生命都是由造物主所创造。除了造物主，还有谁会想到用黏土塑造出第一个人类，并赐名"亚当"，也就是希伯来语中的"土地"一词？

尽管我们并非扎根在土里,而是可以在土壤的表层四处走动,我们却和土壤密不可分地联系在一起,因为它的转化能力将我们支撑了起来,仿佛用自身的力量将我们推向四周;也因为当生命消逝,这股力量再也无法继续支撑我们时,土壤会最后一次拥抱我们,残忍地将我们往它的方向拉扯,我们不仅会变得像土壤一样,还会成为土壤的一部分。

当我们经过拖拉机时,车后面出现了一名男子,他爬到了驾驶室里。在后视镜中,我看到拖拉机驶过田野的模样。当我们靠近连绵平原的另一端时,我发现那辆拖拉机似在夜晚远航的一艘轮船,在漆黑的海面上显得特别耀眼。

致未出生女儿的一封信

10 月 22 日

10月22日。难得那么美的一天。阳光明媚，天空中有几朵云彩，柔和的光线洒在开阔的平原上，所有的景色都发着光，尤其是小草，依旧鲜绿，和秋日树木的颜色形成了极为特殊的对比，就好像同时出现了两个不同的季节。天空很晴朗，颜色有些苍白，但洒在大地上的光线却很充足。我在开车去学校的路上顺便拜访了比约恩，我俩坐在外面，只穿着衬衫，没穿外套，一边喝咖啡一边抽着烟。大概距离我们四公里远的地方，从海边的小山丘上，每隔一段时间就会传来低沉的隆隆声，像是一种不幸的，几乎早已过时的声音，还有机枪齐射的哒哒声，应该都是从哈马尔向内延伸的军事训练区传来的。绿色的山丘在波罗的海上方约五十米高的砂石峭壁处突兀地断了。我继续往前行驶，在接孩子的路上看见军区那儿升着红色的警旗。四年前的夏天，我们在那座山的山脚下租了一栋房子，在那儿度了十天的假，就是在那段时间里我们找到了现在住的房子，也就是你将来成长的地方。所有在你出生前所发生的故事，或许对你而言都像是一种神话；我可以想象得到，你以后求哥哥姐姐讲故事细节的样子，而你却没法想象出世界在你诞生前的模样。

我的父亲已经去世了，因此你再也没法遇见他了。想起父亲时，我惊讶地发现自己对他成家前的生活知之甚少，在我成长的过程中我对这些事情也几乎一点都不好奇。其实我对我母亲，也就是你的祖母也一样。但至少我现在还可以问她，例如问一问战争结束后孩子们成长的经历，或者问一问他们在学校里究竟学了什么，问问母亲在她遇到我父亲前，喜欢过谁，都是什么类型的人，等等。因为事实就是如此，每个人只会考虑到自己当下的时代，至少在我们还是儿童或少年的时候，重要的是同时代生活的人是什么样子，而不是他们将什么东西带入了这个时代，又是从何处而来。你出生的时候我将年满四十五岁，这也就意味着我陪伴你的时光不会超过三十年了，最后几年我可能会生病，身体或许会变得很虚弱。等你有孩子了,很有可能我已经不在了。从某种意义上来说,这样也挺好的,你会活到未来很远的一个时间,你的孩子则会更远,还有你孩子的孩子。对他们而言,这一切,包括陪伴你成长的房子,还有你的家庭,都会成为模糊不清的概念。但小草依旧鲜绿,天空依旧蔚蓝,从东方升起的太阳依旧会将阳光倾泻在大地上,发出五颜六色的光,世界不会变,只有我们对世界的看法会改变。

今天琳达和我说,你踢了她的肚子。我把手放在她肚子上时,能感觉得到来自你小脚丫的压力。

距离预产期还有四个月。我已经准备好了婴儿床和婴儿车,都是上个周末从马尔默的几个朋友那儿取来的。其他孩子的原有装备都被我们扔了或是送人了,因为我们原本预计不会再有机会用到这些玩意儿了。

但现在我们却跑东跑西的,满心期待着。你的哥哥姐姐已经看过你的超声影像了,他们还给你画了好几幅画,非常期待你的到来。

我也是。

十一月

罐 头

罐头由金属制成，外形通常为圆柱体，这种形状在自然界是不存在的，即便是在鹅卵石沙滩上也没有。上百万年来，沙滩上的石头经海水冲刷，将彼此磨成各种可以想象的形状，或球形或圆锥形，但从来没有制造出罐头那样规则的形状，两头各有一个圆形平底，中间以一根管子相连。如果你在自然界找到一只罐头，那你绝不会怀疑它是什么东西，因为它不会和其他任何事物混淆。它可能会躺在石楠丛里，或是躺在沙滩上，又或是躺在路边，仿佛完全与世隔绝，沉浸在自己的世界中。这样一来，罐头的形状和功能之间就形成了某种呼应，都是要将事物与外界隔绝开来。更确切地说，是将事物隔绝在世界的进程之外，即我们所想的时间，所有现存事物都会经历的过程之外。罐头里的东西与不停分解物品的各种物质、气体和生物相隔绝，它们要么会导致物品生锈、腐烂，要么会以其他方式改变物品的外形和成分。罐头的内腔密不透风，储存在罐头里的东西会保持当初密封时的状态。罐头一般会放在橱柜里保存，自然之力会摧毁那里的所有其他东西，存放在橱柜里的香肠面包会覆上一层薄薄的浅蓝色霉菌，开始发臭，变得不可食用。墨西哥玉米饼也是如此，表皮会变软，过期了的软饮料则会变酸，再也不可饮用。豌豆、玉米、菠萝还有炖肉则躲在自己的时空胶囊里，远离这一切。这和十七世纪唯一留存至今的"瓦萨"号战舰是一个原理，它沉没在贫氧的水中，被污泥和黏土所覆盖；这同丹麦的沼泽木乃伊也是一个道理，这些石器时代的尸体从沼泽中打捞出来的时候，状态就和刚刚放进去时一样。没有东西可以在密闭的空间里生存，因此也没有东西会在里面死去。如果你观察一下没有标签的罐头，这种带着机械和工业感、无机物形态的金属，你会清晰地发现，它们的任务就是排斥生命。如果在紧急情况或者极端环境下，例如在战争前线，人们不会关注这种没有生命、冷冰冰的事物。如果他们可以选择，例如去超市采购食物时，也不会选择罐

十一月 / 罐头

头这类东西。因此,所有的罐头上都贴着标签,而且因为单纯的文字也带有冰冷、死气沉沉的元素,无法克服金属的排斥感。标签不仅标明了罐头里装的东西,比如豌豆,还会配上图片,最精致最新鲜的那种。如此一来,我们就略过了金属和里面的死亡空间,从新鲜采摘的豌豆直接跳到了餐盘上的豌豆。没错,当开罐器锯开金属顶部,再往后弯的时候,罐头盖子看着就像一个锯齿状的帽檐。当我看见深绿色的圆形小豌豆躺在微黏的透明盐水里时,口水就会从嘴巴里冒出来。它们尝起来要比颜色较浅的冷冻豌豆好吃多了,更加饱满,口感似乎也比较浓郁,和鱼排一起食用,再搭配煮熟的花椰菜、胡萝卜丝、土豆和黄油,那就完美极了。

脸孔

很难想象我们对什么东西的了解会多于对脸孔的了解，也很难想象有什么知识的分布会比脸孔更均衡。眼见为实，但不仅仅是记录，还要去甄别。如果说所有人都能看见长在草地上的是一棵树，几乎所有人都能认出来那是一棵苹果树，那么最后只有一小撮人能看出来，那是一棵什么品种的苹果树，树龄有多大，现在处于什么样的状态。生命世界中绝大多数的领域都需要某种能力和经验才能被看见、被理解，但脸孔就不是这样。看见一张脸孔的一刹那，我们就能知道这张脸以前是不是见过，即便是在很久以前只见过一次。我们明白那张脸孔想要表达什么，是喜悦还是悲伤，惊讶还是漠然，激情还是迟钝。我们还马上就能知道这张脸孔的年纪，知道它是漂亮还是丑陋，平凡还是特别，知道我们

十一月 / 脸孔

是否喜欢它。即便我们觉得它长得像另一张脸孔,但我们很少会搞混,因为我们认为每一张脸都是独一无二的,即使是普通得不能再普通的脸孔。在某种意义上,这其实有些奇怪,因为所有的脸都是由相同的部分组成,零件的数目也不算多,包括前额、眉毛、睫毛、眼睛、鼻子、脸颊、嘴巴、嘴唇、牙齿以及下巴。我们进行区分,或是出于必要,比如我们必须区分可食用植物和不可食用植物;或是出于兴趣,当兴趣浓烈的时候,就会自然而然地去做出区分。例如,任何人,只要对艺术稍感兴趣,就能一眼看出一幅画的作者是梵高还是高更,是摩里索还是毕加索。所有人对脸孔都有相同的知识储备,这一点既是出于必要,也是源自兴趣和亲近感,这告诉我们,我们其实并非生活在风景里,或生活在各种事物中,而是在生活在人群里,各种各样的面孔中。因此,启蒙运动试图将生命的世界合理化,最终导致面孔也被赋予科学性,这一点也不奇怪。在二十世纪初,人们测量各种距离、尺寸,然后搭配上色彩色调组成更大的体系,这和对待动植物的方式,或是通过将各种面部表情画成图册,来进行分类的方式一模一样。然而,与手臂或手指不同,脸孔不仅属于人类，还可以表达人的各种情感，因而脸孔是难以捉摸的。人类是多变的、运动的，也是难以理解的。今天早晨，我坐在客厅里，扫了一眼我大女儿的脸，这可是我最最熟悉的一张脸，熟悉它每个年龄段的变化和每个表情。她脸颊靠在沙发扶手上，目光紧锁在电视屏幕上。我在她的脸上看到了一些新的东西，有些像我母亲，这感觉过去可从没有过。下一秒我再仔细端详这张脸孔时，那种相似感又消失了。而我自己呢，白天的时候，我和父亲看上去简直像是一个模子刻出来的。

痛 苦

从根本上来说，痛苦是无法转移的。我们可以看出别人身上很疼，也能理解这份疼痛，但疼痛的概念和疼痛本身之间隔着很远的距离，即便是再多的感同身受也无法逾越这条鸿沟。面对他人的疼痛，我们始终是局外人。这意味着，疼痛的人从来都是孤独的。但疼痛不仅仅是在人与人之间不可转移，在个人身上也是如此，因为一旦疼痛停止，同样的距离便会出现在我们身上：我们会记得当时有多疼，我们可以告诉自己，疼痛让我们仿佛陷入了一片黑暗，这样一来，我们便可以用思想拥抱疼痛。但思想存在于自己的世界中，那里的一切都是轻盈且无形的。疼痛的感觉一旦卷土重来，思想便如同帘子一般被拉到一旁，我们再次回归到了现实：我的天呀，这可真疼啊。

因此，人们很容易就会认为，疼痛属于肉体，与思维相比，疼痛存在于另一种更直接的肉体层面的现实，但事实并非如此。因为假如引起疼痛的原因来自于肉体上的变化，是物质层面的，那疼痛本身就是非物质的，是大脑产生的一种感觉，由神经纤维释放信号，引起细胞内的电化学反应。这仿佛会让痛苦不断增加，疼痛的强烈程度与思维的强度成正比，就像吸顶灯发出的光和燃烧的镁之间成正比一样。感觉上疼痛仿佛更接近生理现实，因为疼痛是身体上的感觉。如果手被石头碾碎了，手就会感到疼痛，如果肾脏长了恶性肿瘤，那感到疼痛的就是肾脏，而不是大脑，思维聚集的地方。

然而，人们倘若得知疼痛也可以发生在已经不存在的四肢或身体部位上，就会明白疼痛在多大程度上是一种构造，它与思维的关系又有多密切。肉体不见了，一条腿被截肢了，但疼痛却重现了不复存在的肢体，病人可以清楚地感知到已经不在原位的腿。腿是虚构出来的，如此一来，疼痛便展现了它和思维的密切关系，同时也展现了其优越性，因为如果是思维创造了我们可以相信的假象，那我们就永远也不会将这些假象看作生理的现实。

十一月／痛苦

假如我们思考一下在梦境中所感受到的疼痛，那疼痛和现实的关系会变得更加复杂：梦中的疼痛是哪种状态呢？有天夜里我在睡觉，大约是春天，我肚子疼得非常厉害，简直难以忍受，仿佛有只手在捣鼓我的内脏。我辗转反侧，疼痛占据了我的全部，但突然一切恢复正常，我睁开眼睛躺在床上，感到无比的轻松，就和疼痛缓解时的状态一样。我睡着了吗？应该是的，我肯定是睡着了的。那疼痛只是一场梦？这点我不敢确定，但看起来好像是这样。那又是怎样的疼痛呢？它竟能从现实转变为梦境，其力量却分毫未损？这时展现出来的就是梦的本质，它不过是一种预备好的诗歌，其任务就是构建现实的模型，利用所有意识的分支，从而赋予模型可行性，因为我们就生活在其中，它是现实的映照，内在的缩影。

对我们而言，内在缩影和外在现实之间似乎是同质的关系，但这种关系偶尔会破裂。比如，当我们身上不存在的地方开始疼痛，或是当我们清楚地感觉到此刻经历的事，以前也经历过，即感到似曾相识，这只不过是因为我们对现实的看法，和现实本身之间的一致性产生了细微的变化罢了。

曙 光

这里的几栋房子呈马蹄状，开口朝东，所以我一年四季每天早晨都能看见日出。要适应这景象挺难的。并不是因为日出有多惊人，毕竟我知道太阳每天早晨都会升起，知道阳光会消退黑暗，更多是因为日出会以各种各样的方式发生，或许最重要的一点是，日出给我的感觉非常美好。这种感觉很像你冻坏了的时候泡个热水澡，身体仿佛恢复到了基本状态时所得到的满足感。当真的达到正常状态后，这种满足感便消失了，我们鲜少会思考自己的身体处于完美的体温状态，这一点和日出一样。让人感觉舒服的并不是光线本身，因为光线的存在，比如说下午两点半吧，我们会习以为常。舒服的是光的过渡。不是地球转向静止不动的太阳时，照射在地平线上的阳光，而是几分钟前阳光的反射，看起来如同黑夜里苍白的光束那般，微弱到几乎像是没有光，只是黑暗中一个弱光点。这种无比美好的淡灰色光芒，不知不觉间在我周围的花园里缓缓弥散开，花园里的树木和房子的外墙也同样慢慢地显出身形。当天空晴朗时，东方先开始变蓝，第一束阳光倾洒下来，是亮橙色的。刚开始，好像只是出现了这么一束光，除颜色外没有任何属性。但下一刻，当光线像巨大的光柱坠落在大地上时，它们才开始显现其真正的特性，大地被抹上了色彩，显得灿烂无比。如果天空并不晴朗，而是多云，那这一切就会像秘密般进行：树木和房屋会从黑暗中渐渐显形，黑暗随之褪去，大地被抹上绚烂的色彩，却看不到导致这种转变的源头，只能看见天空中有一块不大透光的地方，有时候是圆的，如果云层不厚的话；有时候难以辨认，看起来就好像云层自己在闪着光。通过这种我们生命中每一天都会发生的现象，我们也了解了自己。曙光永远是事物的开始，就像黄昏永远是事物的结束。我们知道黑暗在几乎所有文化中代表着死亡和邪恶，而光明则象征着生命和美好，日与夜之间的这两个过渡地带便代表了我们被卷入的一出伟大的存在主义戏剧。当我站在花园里，注视着东方破晓的晨光时，我很少会思考这些东西，但这又是必须思考的，因为看到曙光的感觉太好了。黑暗是永恒的规则，光明则是其例外，正如死亡是永恒的规则，生命则是其例外一样。光明和生命是反常的事物，曙光是它们亘古不变的证明。

电 话

当我想到电话的时候,我发现现实的内在加工进程是如此缓慢,以至于我仍旧能想象到在二十世纪七八十年代挪威所使用的灰色标准电话机。那种电话机由两个部分组成,有一个微微弯曲的听筒,两端渐渐加宽呈半球形,表面上开有小孔。其中一个半球形要搁在耳朵旁,里面有一个扬声器,通过这个扬声器,可以听见接电话之人的声音,另一个半球形则举到嘴边,里面含着一个麦克风,可以收取说话人自己的声音,传递给另一头。电话机的另一个部分则是装置本身,通过螺旋线与听筒相连。这个装置常常放在桌子上,并由一个旋转拨号盘控制,上有十个小孔,分别对应 0—9 这十个数字,小孔的大小和食指相适配。电话机顶部有一个叉形托架,不用的时候,听筒就搁在上面。叉形托架上有两个塑料制成的白色小部件，可控制电话线的连接。当听筒放在上面时，托架会向下压，电话线就被切断；当听筒被拿起，托架会向上弹，如此电话线就又连上了。接着，听筒的扬声器那端会传来均匀、不间断的信号声。假如你在转盘上拨出想与之交谈的人的号码，信号声就会发生变化。或者是传来一系列短促的信号声，代表对方占线，或者是一系列稍长一些的信号声，这代表对方线路开放。如果另一头的人拿起了电话，那你就可以开始说话了。

电话机本身的结构很完美，它非常实用，以所能想象到的最简单的方式与其任务相适配，但它同时又很复杂，因为它能够将声音在整个地球上来回传递。然而，现在它却几乎完全消失在了人们的视野中，因此它不可能没有缺点。这些缺点不在于它的机械方案，也不在于它的形状，而在于它创造的距离。电话使用在过去是受管制的。在七十年代初，安装电话机要排队，从申请到实际安装可能要等上数年，而且每家每户最多就一根电话线，因此，电话机便散发出某种权威，和某种严肃感联系在一起。此外，打电话本身也挺昂贵的，尤其是跨省电话，更不要说跨国电话了。当然，跨国电话也不常见，在使用灰色标准电话机的时代，人们既不怎么出国旅行，认识的外国人也不怎么多。孩子们可能会乱打电话，比如随意拨个号码，胡说八道一通。青少年可以煲几个小时的电话粥，但这是一种越界行为，正是由于他们越界了才会出现。如果有人在晚上十点以后或是早晨九点之前打电话来，不是喝醉了酒，就是有人过世了。电话保持了某种正式的特性，它身上总是有种距离感。因为这种距离感来自其形式，而电话的使用方式注定无法克服这种形式，随着时代朝着非正式的方向发展，电话的形式不得不发生改变。信件也是如此。固定电话已经在老年人的生活中根深蒂固，他们对待移动电话也同样正式，并给予同样的尊重，这既荒唐又感人。人们过去常常通过这种距离感来控制现实，好让自己不落入无助的境地，而现在这种距离感本身却变得孤立无援。尽管这两者之间差别很大，我却不禁想起了权倾天下的独裁者，前一天还能控制一切，第二天，人民起义一旦爆发，他将变得一丝不挂，赤裸裸地站在众人面前。

福楼拜

自打我开始从父母的书架上找书读的时候起,大约在我十岁十一岁时,福楼拜和托尔斯泰就如同我的伙伴,当时我把那些书叫作成人书籍。喜欢托尔斯泰是因为我读过母亲的一部关于他的两卷本传记;喜欢福楼拜则是因为我读过他的《包法利夫人》。里面的许多内容我都没读懂,现在也记不起里面讲了什么情节,但我想吸引我的,是在我面前展开的不同的世界,包括十九世纪中期的沙皇俄国和法兰西帝国。我读《包法利夫人》的方式一定和读其他法国小说一样,例如《红花侠》《米莱狄之子》和《三个火枪手》,还有放在同一个书架上的《红与黑》。小说讲述了什么其实无关紧要,我所寻求的是那种氛围。对我来说,在这些十九世纪的小说中,氛围与自然风景密切相关:尘土飞扬的道路,大汗淋漓的马，磨坊，河流，树影婆娑的落叶乔木，以及小村庄。《包法利夫人》将这些画面映入我的眼帘，作为一个十一岁的孩童，读这本书就好似在一个凉爽的夏日清晨里出门散步，大海寂静无声，波光粼粼，树木一动不动，天空湛蓝，仿佛无边无际，太阳缓缓地升了起来。后来上大学时再读这本书，它是现实主义小说的范例，作者完全隐去自己，只留下了对地点和事件的客观描写。我们学会了对现实主义持怀疑态度。现实主义认为，语言就像一扇窗户，透过这扇窗可以看到很多东西，这种观点既不真实又很幼稚。我是语言唯物主义和后结构主义时期的一名文学专业学生，这两种主义的理想就是要深入文字本身的现实，让所有被称为作者、传记、意图和周遭现实的东西停滞。尽管我自身的阅读体验正是建立在这种方式上，我会透过语言去审视它们所创造的现实，但我同样也会对文字固有的分量着迷，就像原子组成了我们可见的大千世界，文字也构成了更宏大的画面。它们彼此独立地旋转，结合在一起形成意群，这些意群不叫分子，而是有自己规律的句子，人们可以坐在阅览室里，全神贯注地挑战这些规律，对未来充满归属感。自那以后，我又反复读了好几遍《包法利夫人》。一年夏天，那本书在草地上搁置了几天，是我前几天躺在那儿读的，但是后来忘记了这茬。即便我后来看见了这本书，我也没把它拿进去，因为那幅景象实在太美好了，绿草沿着猩红色的书脊生长，封面上的白衣女子躺在苹果树下，阳光透过树叶，洒下斑驳的光点。后来我终于振作起来，把书捡了起来，却发现上面有凹痕，一定是被夜晚的露水打湿过，又变干了。《包法利夫人》是全世界最好的小说，对此我毫不怀疑。这本书很锐利，透着水晶般清晰的空间感和物质感，这是此前或此后的小说都无法比拟的。福楼拜的语句就像一块布，擦过布满了废气和灰尘的窗户，你早已习惯了透过这扇窗户看世界。此时你的感觉就是，在许久之后，世界第一次重新闪耀起来。

呕 吐

呕吐物通常是黄色的，从浅黄色到黄棕色都有，部分区域的颜色完全不同，例如红色或绿色。呕吐物呈液态，从相对坚硬的糊状到完全液态的汤状不等。假如连续呕吐了好几次，最先吐出来的东西通常是最粗糙的，一堆潮湿的物质，带有许多小型块状物，而最后呕吐的可能只包含黄色液体，有点像生蛋清的黏糊糊的膜状物。有时候呕吐物是炽热的黄色，几乎会发亮，有时候颜色比较淡，呈稻草色，这样的呕吐物流入马桶，在洁白光滑的釉面和泛着光的水的衬托下，应该被看作是美丽的事物，尤其当呕吐物的非固体成分溶解在胃液里，和水夹杂在一起，缓缓变成黄色的云朵或螺旋状时。倘若吐到了镶木地板上，木材坚硬、发亮的表面和地板上柔软的呕吐物会形成鲜明对比，如同山谷底部的山体滑坡一般，这样的呕吐物也应该被认为是美丽的现象。因为美的准则指出，被归入美的类别的通常是稀有和例外的事物。但涉及到呕吐，有两个压倒例外法则的因素，第一个因素是呕吐物是不完整的，是"未消化"这一贬义词的具体呈现；第二个因素是它属于人体自身的液体和物质，这些体液都有一个共同点，不管是大便、小便、痰、精液还是鼻涕，或多或少都会令人反感，如果是从其他人身体内流出来的，则会令人作呕。不管黄色的小便或绿色的鼻涕拥有怎样美丽的色泽，它们都来自身体内部，与垃圾联系在一起，这一事实小便和鼻涕完全没有机会辩驳。我自己清理过各式各样的呕吐物，包括狗、猫，还有我自己的孩子，不论是气味、颜色还是粘稠度，呕吐物都让我觉得恶心。尤其是刚吃完饭的呕吐物。例如，有时呕吐物中还能辨认出完整无损的披萨块，那时我就会觉得，认为它恶心的反应很奇怪，因为披萨饼或披萨馅本身看上去就像呕吐物。吞食呕吐物是完全无法想象的，生理上几乎不可能，呕吐的条件反射会让你再次呕吐，可能在口腔里填满松软糊状物的同时就会把它吐出来。这是一种强烈的生理反应，不受文化的制约，它属于身体和

十一月 / 呕吐

生理的范畴，是一种自我保护的本能机制，让我们避免食用坏掉或有毒的东西。我家的孩子都畏惧呕吐的冲动，每回发现自己快要呕吐时，他们就开始抱怨，甚至撕心裂肺地尖叫起来。他们小时候不会这样，那时呕吐没什么大不了的。就像有一次我从幼儿园接其中一个孩子回家，那天下午，天空阴暗，公交车上挤满了刚下班的人，车里一片寂静。她坐在我身旁，毫无预兆地突然吐到了我身上。像小瀑布一样，呕吐物盖住了我一侧的夹克。吐完后，她慌张地抬头看着我。一位友善的同行乘客在包里翻找，给我递了几张纸巾。可惜这些纸巾根本帮不上忙，它们太小太微不足道了，完全盖不住数量惊人的呕吐物。我拉了下车绳，和孩子在下一站下了车。恶臭钻进我的鼻腔，呕吐物慢慢地从夹克上滴下来，但我既不觉得它恶心，也没什么不舒服，反倒觉得很清新。理由很简单，我爱她，什么都无法阻挡爱的力量，不论是多么丑陋、恶心、令人作呕或残忍的事物。

苍 蝇

苍蝇消失了。这应该是好几周以前发生的事了,但我直到今天在吃早餐前用抹布擦桌子,顺便擦了擦窗台时才注意到这一点。我发现窗台上有一只死苍蝇,轻盈得像是掉落的一小片花瓣,样子干巴巴的。我用抹布把它扫起来,几秒钟后它无声无息地掉落在水槽里,打开水龙头后,它便和其他碎屑一起在流水里旋转,最后从水槽底部的一个小孔里滑下去,消失不见了。

夏天的时候房子里都是苍蝇,尤其是厨房,它们要么趴得到处都是,不停地搓手,要么在空中飞来飞去,嗡嗡叫个不停。我通常不理会它们,直到它们的数量太多了,我的脾气突然就上来了,于是开始用苍蝇拍追杀它们。一拍子下去后,它们会立刻失去依附,从屋顶的白色横梁上掉落下来,

十一月 / 苍 蝇

就像一个挂在救生艇栏杆上的遇难者，突然放弃坚持松开了栏杆，我有时候会这么觉得；而其他苍蝇则匆匆扑腾起来，飞到别处。我不知道它们是否明白发生了什么，但它们表现得好像对此很清楚，因为在我连续杀死五六只苍蝇后，它们突然开始变得难以寻找，似乎躲到了阴暗的地方，所以几乎看不见了。

苍蝇在许多方面都是极其先进的生物。其中一些可以以每小时高达一百公里的速度飞行，另一些则可以不间断地飞越逾九十公里的距离。但是它们最显著的特征是不计其数的眼睛。苍蝇可能有成千上万只眼睛，在某些种类的苍蝇身上，眼睛几乎覆盖了整个头部。苍蝇的小眼面呈六边形，密密麻麻，其结构看起来更像是机械，而非有机物，就像是在电子工厂中组装的一样。至于苍蝇可以透过它们看到什么，这我们没那么容易知道。苍蝇的脑海中是否会浮现清晰鲜明的现实，或者只是能感知一些模糊暗淡的动作，就像电影的快放一样，这我们都不清楚。无论如何，复眼给了苍蝇极大的优势，让它们能够看到危险，并有足够的时间在危险来临前飞走。味觉是苍蝇的另一个显著特征，因为它们的味觉细胞分布在全身,而不像我们一样集中在嘴里。因此,它们只需要将一条腿伸进想要吃的东西里就可以知道它的味道。味觉和视觉结合在一起,会极大地分裂它们的世界,因为如果空间的反射被它们的整个头部所捕获,那么它们的所有注意力都会被外部吸引,这导致对苍蝇来说,它们自身和所在的空间几乎没有区别。当它们触及的所有东西全是各种味道时,它们是什么,世界又是什么,就更难弄清楚了。然而,它们肯定具有某种形式的自我意识,即使仅仅是某种本能,使它们在有东西靠近时振翅飞走。

这种体型袖珍、感官灵敏且行动迅速的生物只能在夏季生存六个月,考虑到它们精致且特征鲜明的身体结构,如此短的生命历程在许多方面都显得毫无意义。然而,如果进一步思考,就会发现事实并非如此,正因为它们没有独立的身份,再加上它们的自我意识十分薄弱,以致几乎与它们所处的空间融为一体,才无法完成任何经验积累。如此看来苍蝇是完全可以互相替代的。如果要了解苍蝇的本质,最重要的是要知道对苍蝇来说,谁是那只苍蝇根本无关紧要,只要它是苍蝇就行。因此,夏季开始后,它们便从温暖的藏身处蜂拥而出，排成一支有数百万年历史的无穷无尽的队伍，飞进我们的客厅和厨房。列奥纳多·达·芬奇在笔记本中写下"苍蝇是死者的灵魂"时，想到的或许就是这些。死者失去了自我，没了自我，他们只是一种空间，与世界融为了一体，像苍蝇一样，降生在这个世界上，然后死去，永无休止。

宽 恕

进步是无法衡量的,因为变化的价值是相对的,完全取决于人们观察和感知它们的地方。就物质世界而言,变化本身是无可争辩的事实,例如在某个时刻,人们会从打猎以及采集食物,转变为在新的定居点耕种土地并饲养牲畜。或者在某个时刻,人们开始使用机器制造衣服,这从根本上改变了经济结构,因为过去人们使用的物品是自己制造的,如果有多余的,就会在本地出售或交换。有了机器后,商品的生产不再受个人或家庭能力的限制,也不再受地点的束缚,货币体系的无限潜力也得到了释放。

这些变化都是事实,但对变化的评价却并非如此。当谈及与人际关系相关的非物质世界的进步时,不仅变化的价值是相对的,变化本身也是如此。这是因为与精神和灵魂有关的一切都只会间接出现，因此首先要做的就是对其进行解释；又因为如果变化发生在很久以前，那变化所涉及的人的语言和思想和我们都不一样。例如，在976年的挪威说的一句话，即使在1976年在同一地点原版复制，那也未必就一定是相同的意思。我们或许会认为，那时的人和我们很像，但实际上我们并没有把握。我们可以捞出他们的沉船，了解他们航行的方式。我们可以挖出他们的地基，探寻他们生活的模式。我们可以分析他们的DNA，来判断他们从何处而来。但我们却永远没法知道他们与宽恕的关系，以及他们对宽恕的看法。

隔着一千多年的距离，现在看来，古老的氏族社会似乎遵循着截然不同的道德规范，那时的文化体系里根本不存在宽恕，或者说宽恕是一个反常现象。假如你受到了某个家族成员的冒犯，或者家族的某个成员行为恶劣，让人不适，你不会报复他，但你也不会宽恕他，如果宽恕指的是一种积极的举动，突如其来的仁慈之心的话。不如说是接受了这件事，因为人们认为性格是无法改变的——他/她就是这么个人。如果冒犯你的是家族之外的某个人，或言语或肢体，那你紧接着就会考虑是否要对这种冒犯进行报复，但你永远不会考虑是否应该宽恕这个冒犯者，顶多只是考虑一下报复的后果会如何。或许明智的做法是就这么算了，因为所有人都对报复和血仇本质上的破坏力心知肚明，但前提是这么做不丢脸面。丢脸是最糟糕的事情，甚至比死亡还糟糕，死亡在一些情况下倒有可能是恢复荣誉的唯一手段。

在这样的一种文化里，宽恕的概念一定就像一场革命，从根本上颠覆了所有的价值观。尽管你得罪了我，但我放弃报仇，选择原谅你。许多人觉得这就是向前迈出了一步，认为基督教所提倡的把另一侧脸转过来让人打，是人类的一场革命。但事实是，斗争是相同的，其结果也是相同的，只有权力的手段发生了改变。因为弱者无法宽恕强者，宽恕强者没有意义。只有强者才能宽恕。宽恕对方就是侮辱对方，是让对方丢脸。如果你宽恕了别人，并且对方并未因此而丢脸，那你仍旧是受害者，是弱者。然而，宽恕的秘密在于它在个体的心灵深处创造了一个空间，除了你自己，没有人有权力进入，你一旦进入那个空间，其他人就会变得毫无意义，你会获得谁也无法剥夺的一种力量，那股力量可以通过宽恕，迫使对方向你屈服。

纽 扣

纽扣是我们用来将几块布绕着身体钩在一起的小圆盘，它属于一种非常古老的技术，老到我们很少会联想到这个方面。纽扣不属于发明的范畴，也不是创新或进步的领域，尽管这些年来出现了许多将布匹连接起来的新方法，比如拉链和尼龙搭扣，但纽扣仍在继续使用。这是因为纽扣的外形和功能之间的关系堪称完美，已经没有提升的空间了。今天的纽扣和15世纪的纽扣几乎没有区别。甚至可以说，只要有人的地方就有纽扣——但是这一点我们当然无法确定，因为如果纽扣已近完美，无法继续开发，那么在遥远的未来，当我们所知的文明土崩瓦解之时，我们也完全有可能忘记纽扣的存在。然而，就连这一点也很难想象，因为即使是未开化的未来之人，也必须有衣服穿，又因为他们的身体和我们一样都呈圆柱形,那他们必须找一个方法将布料钩在一起。假如他们一开始将布料系在一起,或者将木棍或骨头固定在布料一侧,然后插进另一侧的圈里,那要让他们意识到圆盘形纽扣的优势或许只是时间问题,又或者等到他们的文化发展到一定程度,他们开始重视约束和控制时,他们就明白了。因为约束和控制是纽扣本质中一个重要的组成部分,他们会开发出一侧有一个或多个狭长小孔的衣服,另一侧配以相应的小圆盘,可能用骨头、青铜、铁、胶木或塑料制成,这取决于他们的社会正在寻求什么样的材料。

在我成长期间,我母亲有一个装满了纽扣的大盒子。对一个孩子来说,这个盒子就像一个小宝箱。纽扣圆圆的形状让人联想到硬币,在天花板吊灯洒下的光线中,五颜六色的纽扣则会让思绪飘到宝石上,比如蓝宝石、红宝石、黄玉,还有祖母绿。当你把手指戳入这盒纽扣时,它们会发出沙沙的摩擦声。这些纽扣会给人一种富有的感觉,这其实有些讽刺,因为恰恰相反,纽扣在人们口中往往代表了贫穷,就像knapper og glansbilder(纽扣和彩色画片)这个短语,意思就是没多少钱。这盒纽扣表达的其实是节俭的含义,因为它们是用来替代掉落的纽扣，好让衣服穿久一点。纽扣的形状和颜色几乎无穷无尽，我还记得母亲在盒子里翻来倒去，就为了找一个和掉落的那枚长得相似一点的纽扣。她的母亲一定在她小时候也这么做，还有她的外祖母以及曾外祖母。用手指在一群滑滑的纽扣中搜寻，随后对着布料捏住一颗纽扣，将针穿入三四个小孔的其中一个，垂下的线就像一条细细长长的尾巴，一直拖到地上，这些动作就是一种传承，它们将我母亲与过去、与好几个世纪前的挪威乡村生活联系在了一起。

我自个儿的孩子在成长期间，倒是没见过纽扣盒子，也从未见过他们的父母穿针引线，因为要是有纽扣掉了，我们就会把衣服扔掉，再买件新的。我不喜欢这样，每回发生这种事，我的内心就会充满淡淡的悲伤，不应该是这样的。但为什么呢？是我把节俭和贫穷放在丰裕前面了吗？是的，不知怎么的，这仿佛是我必须做的。丰裕是邪恶的，而节俭是美德——这也是人类遗产的一部分。鲜有其他观点可以更好地代表我们的文明了吧？因为假如大自然也有其特点，那就是丰裕，漫山遍野的叶子和绿草，令人眼花缭乱的根茎和枝条，肆意挥霍着叶绿素。而纽扣的本质恰恰相反，它虽然不起眼，却可以整整齐齐、严严实实地将衬衫扣起来。当你因欲望缠身而脸红脖子粗，想要来一场风卷残云般的性事时，这一点会变得尤为明显，你会等不及花时间解开所有的纽扣，而是直接抓住衣襟两侧，一下子就暴力地扯开男士或女士衬衫，进入无边无际放荡不羁的世界里。正是纽扣的约束和管制成就了纽扣自身最大的魅力之处。这种约束不是刻意为之，而是源自双手的日常工作，它们慢慢地将纽扣垂直推入衬衫另一侧的小缝里，穿过去后再把它拉直，这样一来，衣服就像是上了锁。通过这项技术，我们既可以将身体藏在衣服后，也可以对自我进行约束。

保温瓶

钢制的保温瓶看起来仿佛就是为了投射出去而设计的，跟手榴弹或手榴弹外壳在外形上别无二致，样子很美。但我觉得手榴弹及其外壳不怎么漂亮，或许是因为它们总是成堆出现，身上有种机械感和一维性。而钢制的热水瓶几乎总是一个一个地出现，并与身处的环境形成鲜明对比，可能放在软质皮包的底部，或是双肩包的侧边口袋里，又或者是在建筑工地的桌子上。保温瓶的结构很简单，一个钢制的空心圆柱，里面是隔热材料制成的内胆，顶端有个可旋转的瓶塞，上面再套个瓶盖。尽管保温瓶很坚硬，闪闪发亮，和弹丸很像，但钢制保温瓶会自然而然地出现在生活中，以不易察觉的方式融入各处。它身上有种不起眼的气质，或许是源于它所承担的任务，具体来说它是装热饮的容器，尤其是咖啡。

那可是我们最全民普及且最不具阶级之分的饮料了，咖啡不仅仅可以给几乎所有人享用，还可以在一天内的几乎任何时间享用。然而，也有一些场合是保温瓶没法不让人注意的。假如你在工作地点的餐厅里拿起保温瓶，人们眉毛都不会挑一下，但如果你是在拜访邻居的时候拿保温瓶喝水，所有的注意力都会被保温瓶所吸引。这是因为保温瓶代表了家，代表你在这个世界上家的延续。它不会威胁到开放的社会公共空间，无论是树林和田野，还是公共交通或工作场所，只会对他人的家有威胁，外来的保温瓶一旦出现，该家庭的自决权和主权就会受到挑战。你不会把自己的咖啡带到我们家的客厅来吧，不是吗？这样一来，保温瓶就在各种家居用品间处于一个特殊的位置，只有冰袋和它处境相同，冰袋是我们出门旅行或散步时用来保温的另一个设备。锅铲、炖锅、水壶、汤勺、塑料碗、打蛋器和烤箱盘都放在厨房里，换个环境就会显得格格不入。试想下煎锅出现在浴室里，或是搅拌机出现在草坪上，它们显然不属于那里。但保温瓶和冰袋只是保存在厨房里，到了厨房外才能充分发挥其作用。鉴于体型和使用范围的限制，冰袋在日常生活中更像是反常的存在，它的出现释放了某种额外的信号，无法悄无声息地融入周围的环境。可保温瓶却既纤细又漂亮，握在手里刚刚好，不需要任何其他装备，因为瓶盖本身也是杯子。保温瓶身上总是萦绕着一层联想和回忆编织成的网，不论自驾出游还是乘船出海，登山还是森林远足，总有保温瓶的身影，它能将外界的一切事物和家里的物件联系起来，这一点我们可能从来没有思考过。只有旅途过后，当我们回头看所有拍下的照片，才会明白，原来保温瓶在所有照片的中心，就好像家族图腾一般。它小心谨慎地呈现了将我们联系在一起，而现已破碎的东西。

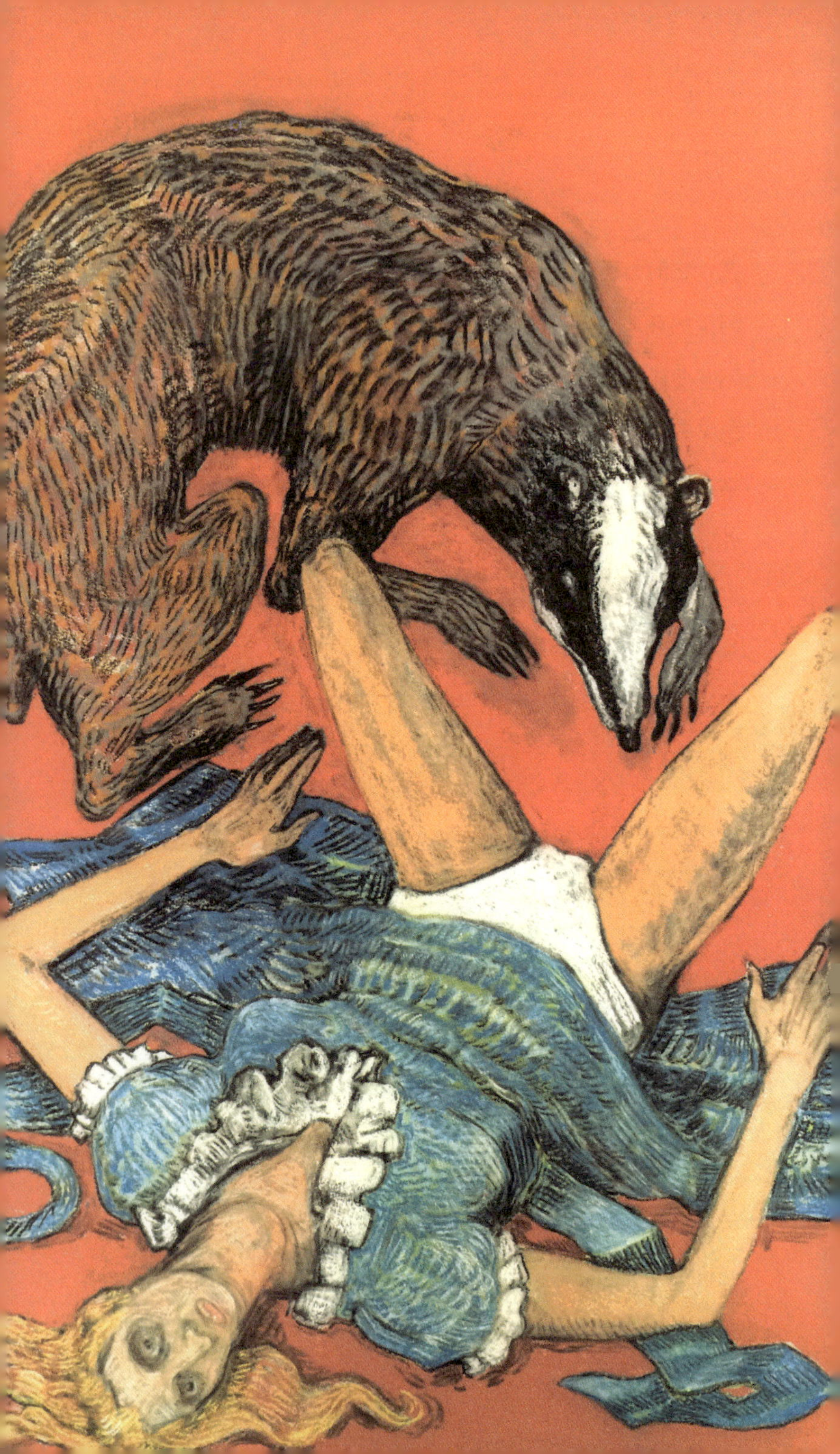

柳 树

窗户外有一棵柳树。树木的底部是个上了年纪的树桩，不到一米高，被一条裂缝一分为二，一直劈到泥土里。整个树桩似乎都没有了生命，裂缝里的树木黑乎乎的，很是柔软，布满了小孔，顶部呈锯齿状，看上去像棵长了白蚁的树。周围的树皮已经干裂，好像一只贝壳，和壳内的物体失去了真正的联系。树桩顶部分出三条粗短的枝干，末端呈块状，从那里又伸出无数条细细的树枝，长着光滑、崭新的树皮。现在已是十一月了，整个冬天柳树都会保持这个状态，和今年秋天早些时候被砍倒时一模一样。失去树叶的柳树只露出短短的几条树枝来，粗糙，且布满了结节，看着就像是某个东西的内部构造，本要取出修复，然后又被弃置在风雨中。可以把它想象成一台机器，各种软管或管道连接在小接头上面，抑或是某个半木构造的建筑。冬天里的树往往被比喻成肺，因为肺的外形和掉光树叶的树枝一样，遵从同样的原则，每根树干都会长出新的枝干，越来越细，最终形成由树枝组成的精美网络。柳树可不像什么肺，但那三个木块和心脏却有一定的相似性，就像心脏模型，主动脉被切断后，剩余的部分便如树桩般立在拳头大小的肌肉上。但柳树并不属于任何事物的内部，它所供养的就是其自身，除了自身什么也承载不了。冬天里，柳树像骷髅似的一成不变地矗立着，当枝条开始生长，树木被枝叶覆盖时，柳树瞬间充满了生机，这一过程比我所见过的任何树木都要迅速，这很容易让人联想到，或许生命就是被柳树所引导的某个东西，柳树只不过是一个通道，供生命穿梭其中。只有在夏季，柳树才会展开一场绿叶的盛宴，彰显着胜利与凯旋，它的枝条呈弧形垂向地面，茂密的枝叶罩在树干上，仿佛拖地长裙。

在早期基督教中，带有新芽的枯树是核心的象征符号，代表复活，但这个符号要比基督教古老得多，最初象征着生命的延续。和基督教相反，个体在这一形象中是完全缺席的，因此它更谦卑，也更具真实感。柳树是生命的火炬，我们亦是如此；当生命在我们体内流逝时，它会在我们的子孙后代身上延续下去。

我其实不知道这棵柳树有多老了，但我猜测应该和我母亲差不多大，或许比母亲还要大个一二十岁。我们搬过来时，将树干一劈为二的裂缝还不存在，但后来有个野孩子造访我们家，他爬上了树，人挂在树枝上，那树干突然就裂开了。我在树上缠了根绳子，心想这两部分未来可能会奇迹般地长回到一起，但这个幻想并没有成真。第二年春天，树液从两截树干里冒出来，如今两处都长出了茂盛的叶片，就像到了晚上派对分成两拨，其中一拨人坐进了厨房里。

马 桶

马桶的形状虽然有些笨重大只,像块石头一样牢牢地站在浴室的地面上,但它身上却有一丝优雅和斯文。说它优雅是因为马桶底部狭窄,向上逐渐拓宽,以至于看起来它即便不是直接无视地心引力,也起码在和引力对抗。但正如许多最优美的事物那般,马桶座圈并不是为了取悦眼睛而设计的,它的形状完全与功能相对应,而它的功能与美学毫无联系:我们在马桶里上大号小号,有时候还会呕吐。马桶的一切都是为这一功能量身定制的。马桶之所以上宽下窄,是因为它最首要的功能就是要用最有效率的方式,让排泄物从我们的身体里排出,再冲到屋外。所有尝试过将液体倒入瓶子、罐子或水缸的人都知道,在防外溢和渗漏方面,漏斗形状是极好的。就像漏斗永远不是液体的最终目的地一样,抽

十一月 / 马 桶

水马桶也不是，它只是一个通道，一个过渡点，粪便的一种转运大厅罢了。它由实心陶瓷制成，表面光滑坚硬，内部的表面被水冲刷，这是为了防止有东西粘附在上面。在抽水马桶里，什么都不能久留，什么都不会散开，一切都应该永远前进。马桶上方是水箱，水箱是盛水的容器，也是陶瓷制成，通常为矩形，边缘略圆。顶部有一个放水机制的按钮，按下它则会打开一个小水闸，水箱里的水沿着马桶内部倾泻而下。较老旧的马桶型号上没有按钮，而是在侧面有个控制杆，外形与变速杆类似，其末端带有胶木球。一些更老旧的马桶型号，其水箱和马桶相互独立，安装在屋顶下，当你拉下水箱的链条时，水流就会通过与之相连的杠杆释放出来。在漏斗下方，即马桶底部，微微泛绿的水流与洁白的陶瓷互相映衬。当大大小小的排泄物陷入水底，然后是厕纸，快速吸水后沉入水面下方，又缓缓拱起，这时按下按钮，水流就会沿着马桶内部倾泻而下，将所有沉底物冲走，通过管道推向屋外，一直来到街道下的下水道网络里。这就是马桶，或曰浴室天鹅的工作原理。

救护车

在黑暗的平原上，几公里外就能看见救护车发出的蓝光。它和同区域的其他任何灯光都不一样，同家家户户的黄光，以及风车和电线杆顶部闪烁的红光都不一样。救护车发出的光像是电光，并且移动速度很快。它出现在远处，然后消失几秒钟，当它再次出现时，那光已经近了许多。当夜色浓得化不开时，我觉得仿佛置身一个大脑中，农场那一动不动的光就像来自控制基本功能，例如呼吸和新陈代谢的细胞群一般，而那风驰电掣的蓝光仿佛是一个突如其来的想法，一个可怕的念头，又或是一场梦。电光在一个接一个的细胞中传播，越来越近了，我把车开到漆黑的路边，因为救护车现在离我只有几百米之遥。这辆车开得很快，也没有拉警报，这仿佛平添了几分怪异的感觉，因为光的力量似乎被

十一月 / 救护车

这份寂静给放大了。它无声无息地穿梭在黑暗中,然后消失不见。白天里,一切都不同了,不仅是因为日光会减弱救护车的蓝光,而且还因为周围的环境,包括广阔的田野,林立的树木和农舍,通往海边悬崖的平缓斜坡,以及悬崖外的大海,仿佛和救护车相连,灰绿色背景与金属白相互映衬,向我们释放了一条讯息,那便是有人受了伤或是生了病,现在正在奔去医院的路上。但即使在白天,救护车也可能会有一些令人不快的地方,与车里正发生的事无关,而与它导致了什么有关。发现身后有救护车时,一辆辆汽车纷纷驶向两侧,停了下来,这场面就像水流被劈成两半。当救护车在打开的通道里疾驰时,除了闪着蓝光,还会拉响警报,那一刻时间仿佛停止了片刻,除了移动的救护车,一切事物都静止了,好像并不真实存在,直到这一刻结束,汽车才缓缓启动,几秒钟后一切都恢复正常,仿佛什么也没发生。而在救护车内却是另一种时间。躺在救护车里的人被绑在担架上,他注意不到速度,也注意不到外面的汽车,只沉浸在自己的时间里,好像有一辈子那么长,现在却即将结束了。周围狂热的活动,以及凌乱的软管、电线、仪器、口罩和注射器,他也注意不到。在救护车自己的时间里，没有分秒，也没有年月。在它自己的时间里，我们像树木一般，黑漆漆的，静止不动，在如此低的时间频率中，所有动作都变得缓慢无比，除了季节更替这一最强烈的变化，但即便是这种变化都显得非常微弱。濒死之人就是这样躺在救护车里，在道路上疾驰，速度同树木生长一样缓慢。

奥古斯特·桑德

我整个上午都在坐着翻阅奥古斯特·桑德的主要作品《二十世纪的人们》。它包含数百张人物肖像。这些人没有名字，只有职业，照片按照社会阶层分类，有农民、工人和资产阶级。无论是单独看还是放一起看，它们都十分令人着迷。我仔细注视着这些脸孔，他们都是第一次世界大战期间住在这里的人。他们中的许多人都有着高深莫测的面部表情，就好像不能说话，但是每个表情都仿佛诉说着一段故事，这是怎么办到的呢？

照片不仅将摄影对象与时间相隔绝，也与空间相隔绝，并将其与周遭环境隔离开来。这些人物肖像之所以有种紧张感，是因为所有的脸孔，所有人都好像背负着什么，但究竟是什么在照片中却看不见。由于照片旁边没有解释，它营造了一种奇特的神秘感。肖像将这些封闭的面孔公之于众，但我们却不知道他们究竟面对什么封闭了自己。

许多农民的脸很粗糙，年纪越大看起来就越粗糙。可能是因为他们一生都在户外工作，日晒雨淋，饱经风霜。他们中有很多人表情有些紧绷，仿佛他们习惯于拒绝或忍受他们所面对的事物。就连许多年轻男女的脸孔，虽然肌肤光滑且没有任何岁月的痕迹，也是这种表情。拥有其他生活方式的人们，例如工业巨头或视觉艺术家，他们的脸则和农民的脸形成鲜明对比。他们的脸不但不粗糙，还很精致，不但不紧绷，还很开朗。你很轻易会联想到，他们的内在也一定是不同的。对所有人来说，人类本身是相同的，但我们所过的生活，却让生命以不同的方式在我们身上流淌。人的感受、思想和观念会在不同的地方敞开和汇聚，这取决于他们在何处以何种方式面对阻力。

这些人当中一定有人虚伪，有人忠诚，有人诚实，有人爱撒谎，有虔诚的信徒，也有享乐之人。这些情况从照片上看不出来。他们之间所发生的一切都在照片中消失了。但即便如此，你还是能清晰地感觉出他们是谁。我们看这些照片的时候,究竟看到了什么呢?

假如有位摄影师到这儿来,将我们全家聚在屋外的草坪上拍下合影,最后将照片放入一本影集,那当百年后的人打开这本影集,他能通过展现在这张照片上的信息,感知到多少我们的生活呢?

我们将静静地注视着他。万妮娅、海蒂、约翰、琳达,还有卡尔·奥韦。我们之间所存在的一切,同时也是唯一对我们有意义的事物,从照片上都看不出来。他所看见的,是我们自己所看不见的。他所看见的只不过是各种人脸中的几张人脸,各种身体中的几具身体,各色人群中的某几个人罢了。我们的生活被书写在我们的脸孔和身体上,使用的语言是如此陌生,我们甚至都不知道这是一种语言。

烟 囱

我从坐下写字的窗户边，望向我们住的房子。房子有两根烟囱，一根立在厨房的天花板上，另一根则在最远的房间那儿，我们把它当作办公的房间，几年前我就是在那里写作的。烟囱看着像牙齿，它们的材质较硬，无论是立在天花板上的样子，还是只露出上半部分这一点，都像牙齿。烟囱向下穿过天花板，在下面的房间里变宽，又在最底部的厨房和办公室里形成了一整面砖墙。但穿过烟囱的不是神经，而是烟，和牙齿不同，烟囱一路畅通无阻。在今天这样的日子里，起床时地上结满了霜，窗边还挂着霜花，烟会慢慢从烟囱里渗出来，飘到屋顶的空气中，有时候几乎完全看不见，只是在蓝天中微微颤抖一下；有时候如雪堆一般厚实洁白，鼓鼓的；有时候颜色发灰，形状扁平，轻薄得像一块精致细

十一月 / 烟囱

腻的布料。

因此,烟囱在屋子的表面形成了一个开口。门是屋内居民的出入口,不论男女老少或是猫狗,居民从屋里带进带出的所有东西,也要经过这个出入口。窗子这个开口的作用是保持新鲜空气的流通。然而,烟囱的开口是一个闭合系统的一部分,其目的是不让流动的烟雾进入屋子里,而是隔绝在屋子外。这个系统的一头是炉子,那是一个耐火的小空间,可以通过一个小门进入。人们把木柴放在里头,然后点燃,让炉子烧起来,再关上小门,这样烧出来的烟就会穿过烟囱管被引到屋子上方。烟囱管是砖头砌成的一个单独的空间,与屋子里的其他房间不太一样,烟囱管不会被地板分成两三层;最终,烟会从烟囱的顶端冒出来。每次我们想到"烟囱"这个词,联想到的就是屋顶上的这个部分。

除非整栋房子被烧毁,不然是看不见整根烟囱的,因为房子被烧毁后,烟囱往往是唯一剩下的东西。烟囱能控制和调节火势,尽管火焰在释放其无限的力量时,竭尽所能想要把烟囱烧毁。这么些年来,它因屡屡被烟囱所压制而感到恼火,就像一个养子,将房间里的一切都夷为平地后,想要攻击其养父，这个平庸又无聊的男子，只会谈自制力和遏制冲动有多重要。但火焰却没法战胜烟囱，甚至伤不到烟囱管一根汗毛，只会在烟囱脚下一命呜呼。烟囱管则似凯旋一般在闷热的黑色火场中直刺天际：终于，所有人都能见识到它的成就。

猛禽

今年秋天我起得很早，凌晨四点就起来了，外面还黑蒙蒙的，万籁俱寂。透过窗户我能看见花园和对面的房子。现在正是十一月，好几周都是多云天气，天空中看不见任何星星。白色砖墙上有两盏灯，灯光形成一个半拱形，照在下方石头铺成的小路和荒凉的花床上，此时此刻在黑暗中闪烁着微弱却清晰的光芒。我听着勃拉姆斯的《德意志安魂曲》，抽着烟，喝着咖啡，注视着笔记本电脑空空如也的屏幕，就这样过了两个多小时。屋外开始放亮了，感觉好像不是光明即将到来，而是黑暗正渐渐退去。屋顶上方的天空开始泛白，从黑色变成了灰黑色，通往墓地的道路两旁的树木，大约离这里一百米远，却仍旧是黑色的。随着天空渐渐变亮，这些树木似乎慢慢现出了原形。它们已经没了叶子，只剩下树枝，靠近树干的部分比较粗，越往外越细，春夏时节尚且繁茂的树冠，现在已不复存在了，只留下希冀和回忆。然后白天就降临了。草地绿了，木墙红了，柳树的枝条成了赭黄色，树后的板凳则是湛蓝色的。我仍旧什么都没写出来，面前的电脑屏幕还是一片空白。今天是星期六，我马上就要去找其他人了。这时窗户外出了点动静。一只猛禽俯冲下来，突如其来的动作，似乎抹除了周围的一切。它刚刚好降落在柳树边上，离我只有几米远。它用喙用力地啄着绿草，气势汹汹，简直闻所未闻，同时挥动了几下巨大的翅膀，仿佛是想保持平衡。我一边观赏着它，心脏一边在胸口剧烈跳动着。它的双眼直视前方，好像完全不受头部动作的影响，还有那有力的双腿，长在身上的羽毛，黄色的爪子和黄色的喙。它的嘴巴有些弧度，又大又尖。随后它转过身，咻咻地扑向空中，重重地挥动了一两下翅膀之后，就已经飞过了屋顶。我继续坐在窗边。这一系列风卷残云般的动作仿佛抹除了周围的一切，让我无法移开眼睛，这倒让我想起了一件事。是什么事呢？我想起来了。是我第一次去奥斯陆国家美术馆的时候。那时我应该是十七岁。我在画廊里转来转去，欣赏画作,我基本上每幅画都喜欢,尤其是民族浪漫主义的画,既宏伟,又逼真,色彩和谐,非常具有美感。接着我走进了挂着蒙克画作的房间。那一瞬间,周围的一切都黯然失色。我想表达的就是这个意思。不同寻常之事是门艺术,它放大了一瞬间,冲破了时间,创造了一种存在感,在这一瞬间的漩涡里,一切都有了意义。不同寻常之事就像一盏灯,不会投下任何阴影。屋外的鸟儿,那些一年四季都在此地的喜鹊、画眉和麻雀,此刻都以更清晰的方式展现在你眼前。

安 静

语言的特点之一是它可以提及不在手边的东西。通过这种方式，我们可以记录世界上所有未出现在视野中的事物，以及所有超越我们时间维度的东西，例如昨天已经过去的或是明天即将到来的。有个小山脊，从我坐的位置刚好看不见，虽然它肯定是一直存在着的，但正如我刚才所说的那样，它的存在不仅和假设有关，还和想象有联系。读到这里的你，即便想象得到这座小山脊，也并不知道它是否真实存在，你可能也不清楚写下这些文字的我是否存在，或许你是在多年后读到这些文字，那时我已经去世了。生命世界通过语言进行着粗暴的扩张，也通过语言得以保留，这或许是人类最重要的特质。没有语言，世界将再次成长，每个单词就像一道小小的光。但语言也不太靠谱，它给予了不存在之物

十一月 / 安 静

一个不可能的地位,因为只要说出口,语言就能让虚无之物转变为某个具象的东西;我所说的不存在之物,指的不是虚构、假设或想象的东西,而是存在的反面,即不存在。"虚无",即不存在之物,什么都不是的东西,但假如我们把它写下来或说出来,那虚无就作为某种事物而存在了。"安静"也是类似的一个词语,它表示没有任何声音,本身没有任何内涵。但我们却鲜少探讨这个词语最极致的后果,而是用这个词语去给声音定级,并将它与和平安宁联系在一起。每当我们去乡间小屋度假,远离汽车的噪音,或是在森林里席地而坐,人类所有无休止的欲望之声都平息下来时,我们常常会说,这里是多么安静祥和啊。这时我们所听见的,只剩下鸟儿的歌声和树木在风中摇曳的沙沙声,这就是我们口中的宁静森林。如果是在冬季里挑了没风的一天去,那就连这些声音都听不见。这种安静影响到了整片风景,由此也影响了我们。所有声音都和当下相联系,它们属于不停变化的现在,而安静则是一成不变的,安静没有时间限制,它是永恒的,但也是虚无的。永恒和虚无正是一枚硬币的两面。观看纪录片《浩劫》时,我在一刹那明白了这句话的含义。这部纪录片讲的是犹太人大灭绝的故事，一名铁路官员讲述着，某天下午车站停满了车厢，上面装着驱逐出境的犹太人，包括儿童、成年人和老人，那天夜里整个区域都回荡着他们的声音。他没有说是什么样的声音，但我猜一定有孩子的哭声、男男女女的说话声、脚步声、尖叫声、盘子的叮当声，或许甚至还有笑声。当他翌日清晨骑车来上班时，所有车厢仍旧停在那儿，但一切都安静了下来，一丝声音都听不见。正是在听到那一种安静时，我才明白大屠杀真正的意义，那一瞬间我领悟到了，但只持续了几秒钟。生命和生活中有许许多多事物都与声音有关，从孩童在地板上奔跑的脚步声，他们的哭声和开心的叫喊声，到夜晚平稳的呼吸声。但有关生命和生活的文学同虚无、死亡、夜晚和安静之间的联系，要比我们平常想象得更加紧密。字母只不过是没有生命的符号罢了，书本则是它们的棺材。当你阅读这篇文章时，耳边不会传来任何声音。

鼓

在我坐着写字的房间里,我身后有一套打击乐器。它的身上有些幼稚感,因为有些鼓的名字就像是小孩起的一样,最大的那只鼓叫"大鼓",声音最尖的那只叫"尖鼓"[1],然后还有两个嗵嗵鼓和一个落地鼓。它们闪闪发光的镀铬组件,以及组装好后给人的期待,包括打击、敲击和撞击声,也略显幼稚。从视觉上看,这套打击乐器很像五十、六十、七十年代的美国汽车,那时的汽车有着色彩鲜艳的尾翼和车身,以及闪闪发亮的进气格栅;也像拖车,不是蒙着防水油布、侧面印着公司名的那种毫无特色的灰色拖车,而是那种喷了漆、带有精致配件的拖车,它们简直是交通工具中的奇迹;

---

[1] 即小鼓,军鼓。

或许还像有着闪亮的船体及大型舷外发动机的赛艇。任何人，只要看过成长中的皇后乐队，看过罗杰·泰勒的架子鼓，以及他们应有尽有的嗵嗵鼓、成群结队的镲片，还有背景中令人期待的大锣，就会理解我的意思。打击乐器和美式汽车、拖车以及赛艇的共同点是，它们的外形对孩童都有着强烈的吸引力，此外，它们还象征着速度和自由。但所有开始打鼓的孩子很快就会体验到，这种象征永远都无法成真，因为要说敲鼓有什么特点的话，那就是静止。敲鼓本身就是一种克制的艺术，需要放弃一切富足，有目的地遵循节俭自律、远离酒精的生活轨迹。在所有的乐器中，鼓是最需要吃苦耐劳的。由许多鼓组合而成的打击乐器，只会对此要求更高。

这篇文章是由一个中年白人男子所写，该男子内在冰冷无趣，走路僵硬且略微驼背，从不玩耍，从不跳舞，也从不冒险进入狂野且无拘无束的黑暗。我们沿袭了希腊人的习惯，将其称为俄耳甫斯，通往俄耳甫斯的入口是仪式般的重复，换言之需要一种节奏。节奏，节拍，敲击，出神。心脏，血液，牺牲者。

鼓兼具两种可能性，既有阿波罗式的，又有俄耳甫斯式

十一月 / 鼓

的。所有艺术、所有艺术形式以及所有乐器都是如此，但没有一种艺术、艺术形式或乐器如鼓那般简约和基础。所谓阿波罗式是指敲击的动作分割了时间，并将时间系统化，处理成或长或短的间隔，这是纯粹的数学，所有音乐都始终符合数学原理。敲击的时间必须精准，就像钟表一样，如果你为了标记中断或过渡而跳过某几拍，那之后必须在正确的时间返回。爵士鼓手将打鼓转变成了一种艺术，他们颠覆了这种关系。这样一来，过渡和中断对他们来说就成了一种玩法，标记节拍成了某种偶尔为之的事情，有点类似一个一步步晋升为公司总监的员工，本不需要再打卡，但因为养成了习惯，仍然会这么做。爵士鼓手是一群技艺超群的人，没有什么是他们用鼓做不到的，他们自己就是一整个乐团。但他们所创造的，他们所超越的，比起音乐的核心，更接近于戏剧和游戏，那种对所有现存的阿波罗式的可能性无拘无束的玩弄，其黑暗本质如催眠母鸡的线条一般简单原始：敲击并非分割了时间，而是废除了时间。时间是一种距离，当它被废除后，我们便不在世界中，而是成为世界的一部分。俄耳甫斯的音乐就是这么影响那些女人的，让她们在集体恍惚或陶醉的同时，拧下他的头颅并扔进海里。头颅慢慢漂走，歌声仍在继续。

眼 睛

我永远也不会明白眼睛运作的原理。我也永远不会明白，外部世界所有的事物和动作，是怎样通过眼睛反射进我们的脑子里，像一幅幅画在我们黑暗的大脑中显现出来。我知道眼睛是由玻璃体、前房、后房，以及各种薄膜组成的。我知道当光线照在眼睛上，一种名为视紫红质的物质会发生分解，光能会转变为神经冲动，然后这些冲动会通过神经通路传递到大脑的视觉中心，在大脑中重现，成为内在的知觉。由于这个无比精细的过程，再加上视网膜里有逾一亿两千万视觉细胞，我可以在七月一个炎热、安逸的日子里，看女儿们在草坪上打羽毛球。四周是静止不动的绿植、灌木和森林，头顶是湛蓝的天空，孩子们略显笨拙的动作，还有全神贯注的面部表情，时不时融化在她们的欢声笑语和互相指责中。也因为这个过程，我还可以在今天清晨站在厨房的窗户边，一边等咖啡煮好，一边看着雪花落在黑漆漆的屋外的样子，一粒粒小雪花跟随着空气中每一个最细微的动作，一片接一片降落在草叶上、草叶下和草叶之间。过了几个小时，当遥远的太阳发出的光芒，被云层严严实实地笼罩起来，在大地上洒下雾蒙蒙的光线时，草地完全被白雪覆盖住。我不能理解这一切是怎么发生的。或许这就是一个纯力学、纯物质性、纯粹的能量转移的过程，是关乎原子和光子的问题。我本可以接受这样的解释，要不是眼睛不仅能接受光，还能发出光的话。那么眼睛里的光又是哪一种光呢？噢，那是一种内在的光，在我们所见到的，不管熟悉还是陌生的所有眼睛里都会闪耀的光芒。在陌生人的眼睛里，例如在秋日午后坐上人满为患的公交车，眼睛释放的光会很微弱，更像是一种让人难以察觉的微光，从一张张严峻的脸庞上散发出来，它只揭露了他们是活着的人，仅此而已。但当这些小小的生命之光转向你的那一刻，你注视着这些眼睛，所见到的就刚刚好是这个人。你或许会对此着迷，或许不会，在一生的历程中，我们会注视成千上万双眼睛，大多数都会在不经意间溜走，但突然，在这万千双眼睛中，你看见了你想要的，看见了你不惜一切代价想要靠近的。那是什么呢？没错，你看见的并不是瞳孔，也不是虹膜或眼白，而是灵魂，是灵魂散发的古老光芒装满了那双眼睛。当你用满溢的爱意，看着所爱之人的眼睛时，那瞬间就是你幸福感最强的时刻。

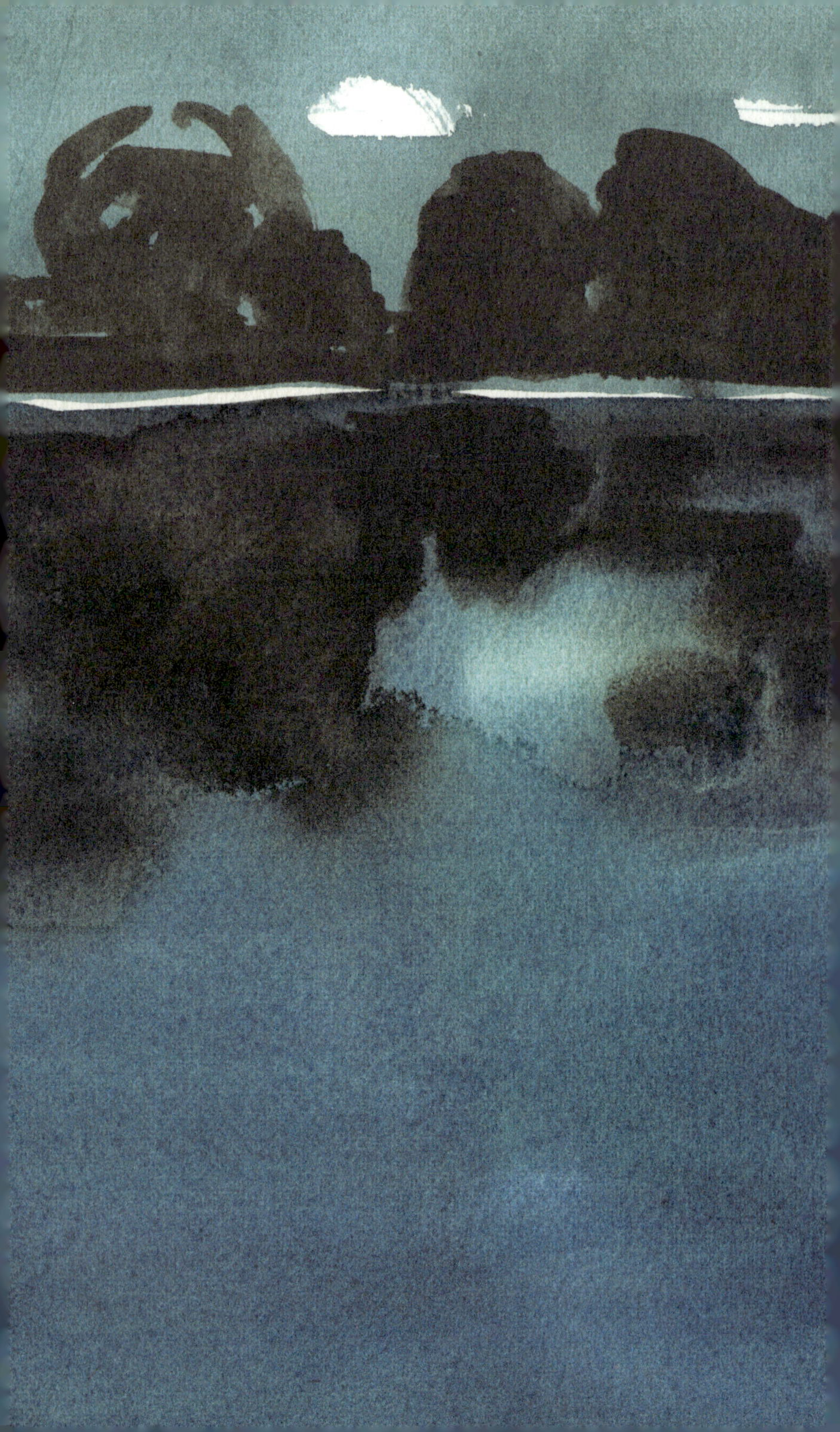

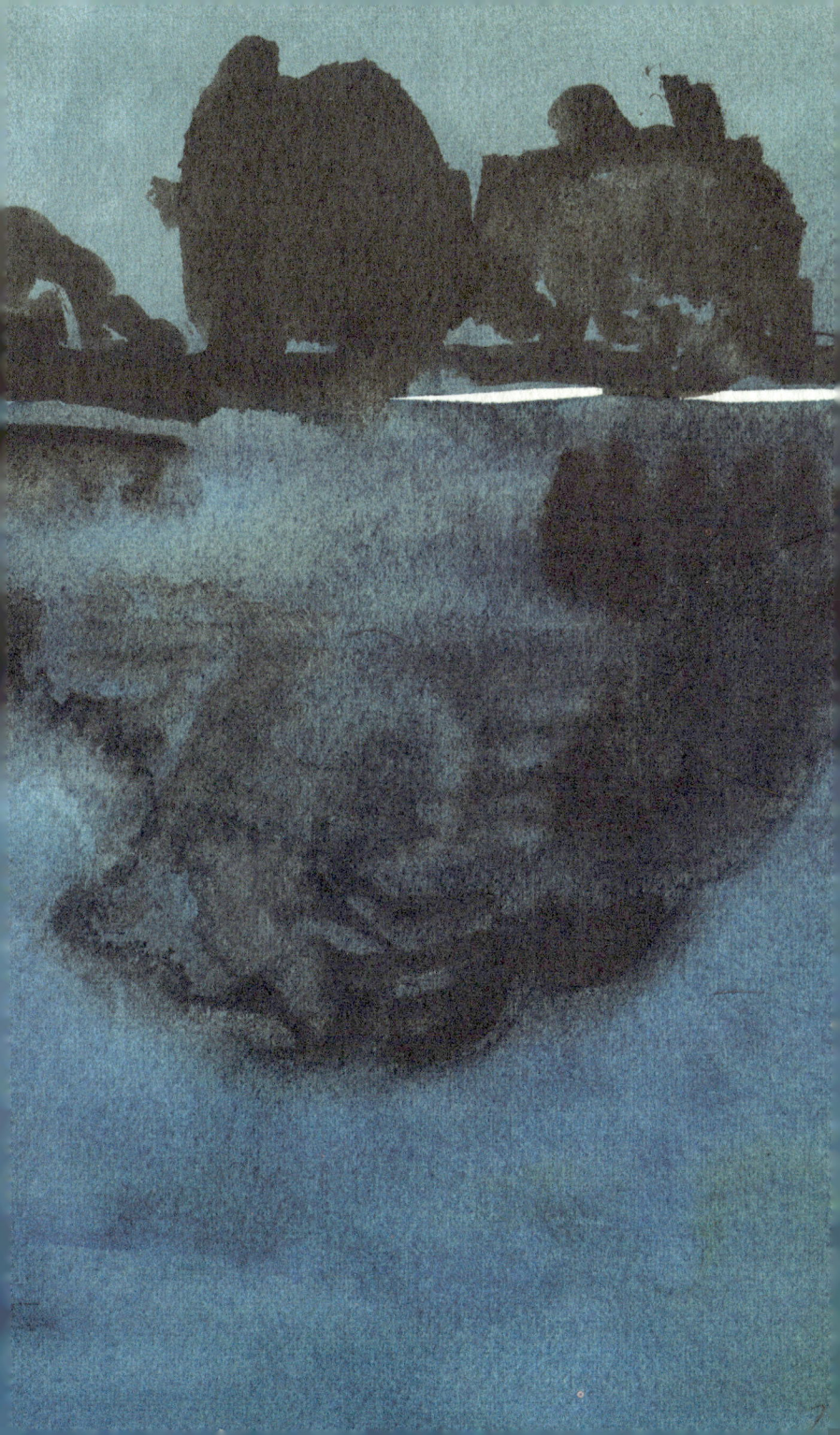

OM HØSTEN by Karl Ove Knausgård
Copyright © 2015, Karl Ove Knausgård
Simplified Chinese character translation copyright © 2023 by Beijing Imaginist Time Culture Co., Ltd.
through The Wylie Agency (UK) LTD
All rights reserved
Illustrations: Vanessa Baird

This translation has been published with the financial support of NORLA

著作权合同登记图字：09-2023-0616

图书在版编目（CIP）数据

在秋天 /（挪威）卡尔·奥韦·克瑙斯高著 ; 沈赟
璐译 . -- 上海 : 上海三联书店 , 2023.9
书店 , 2023.9
ISBN 978-7-5426-8239-0

Ⅰ . ①在… Ⅱ . ①卡… ②沈… Ⅲ . ①散文集—挪威
—现代 Ⅳ . ① I533.65

中国国家版本馆 CIP 数据核字 (2023) 第 170118 号

在秋天
［挪威］卡尔·奥韦·克瑙斯高 著　沈赟璐 译

责任编辑 / 苗苏以
策划编辑 / 李恒嘉
特约编辑 / 闫柳君　张雨菲
装帧设计 / 马志方
责任校对 / 王凌霄
责任印制 / 姚　军

出版发行 / 上海三联书店
　　　　　（200030）上海市漕溪北路331号A座6楼
邮购电话 / 021-22895540
印　　刷 / 山东韵杰文化科技有限公司

版　　次 / 2023 年 9 月第 1 版
印　　次 / 2023 年 9 月第 1 次印刷
开　　本 / 850mm×1168mm　1/32
字　　数 / 123千字
印　　张 / 7.375
书　　号 / ISBN 978-7-5426-8239-0/I·1835
定　　价 / 68.00元

如发现印装质量问题，影响阅读，请与印刷厂联系：0533-8510898

理想国 | 克瑙斯高作品

已出版

《我的奋斗1：父亲的葬礼》

《我的奋斗2：恋爱中的男人》

《我的奋斗3：童年岛屿》

《我的奋斗4：在黑暗中舞蹈》

《我的奋斗5：雨必将落下》

《我的奋斗6：终曲》

《在秋天》

即将出版

《在冬天》

《在春天》

《在夏天》

《晨星》

《小画面，大渴望》